吴志攀 主编

燕园风骨

陆卓明先生
纪念文集

北京大学出版社
PEKING UNIVERSITY PRESS

图书在版编目(CIP)数据

燕园风骨:陆卓明先生纪念文集/吴志攀主编.—北京:北京大学出版社,
2011.1

ISBN 978 - 7 - 301 - 18199 - 7

Ⅰ.①燕… Ⅱ.①吴… Ⅲ.①陆卓明(1924~1994) - 纪念文集
Ⅳ.K825.46 - 53

中国版本图书馆 CIP 数据核字(2010)第 236560 号

书　　　　名:燕园风骨——陆卓明先生纪念文集
著作责任者:吴志攀　主编
策 划 编 辑:朱启兵
责 任 编 辑:梁庭芝
标 准 书 号:ISBN 978 - 7 - 301 - 18199 - 7/F · 2662
出 版 发 行:北京大学出版社
地　　　　址:北京市海淀区成府路 205 号　100871
网　　　　址:http://www.pup.cn　电子邮箱:em@ pup.cn
电　　　　话:邮购部 62752015　发行部 62750672　编辑部 62752926
　　　　　　出版部 62754962
印　刷　者:三河市北燕印装有限公司
经　销　者:新华书店
　　　　　　730 毫米 × 1020 毫米　16 开本　12 印张　159 千字
　　　　　　2011 年 1 月第 1 版　2011 年 1 月第 1 次印刷
印　　　　数:0001—2000 册
定　　　　价:32.00 元

1987 年陆先生于家中

1956 年陆老师赴南方考察

1993 年陆老师在颐和园

陆老师在某水电站工地考察

陆老师和学生在一起

陆老师和学生在一起

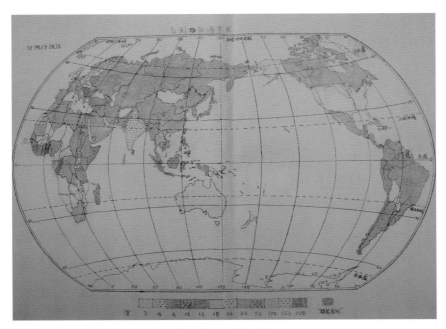

陆老师亲手绘制的地图

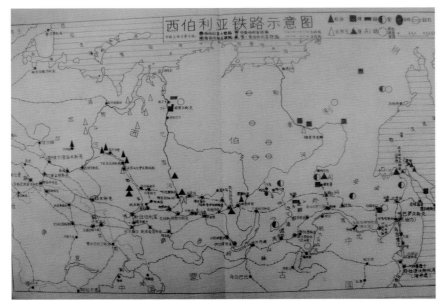

陆老师亲手绘制的地图

孤雲生遠山　一雨收眾木

庚寅初春

為紀念陸卓明先生書　佘京學

一雨收众木,孤云生远山——为纪念陆卓明先生书,86级国际经济专业佘京学

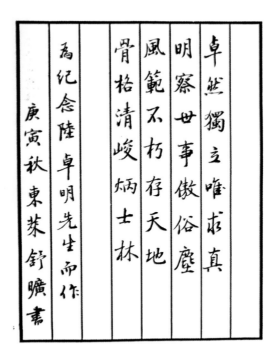

卓然独立唯求真，明察世事傲俗尘。风范不朽存天地，骨格清峻炳士林——为纪念陆卓明先生而作，90级国际经济专业王曙光

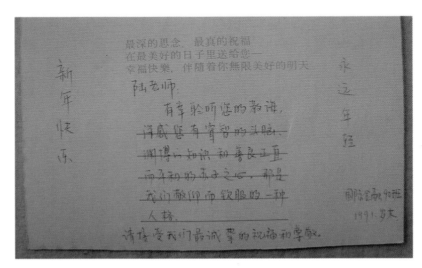

90级北大学生给陆先生的新年贺卡

陆卓明教授生平与学术简介

陆卓明先生(1924—1994),北京大学经济学院教授,我国著名的世界经济地理学家和教育家。

陆卓明先生祖籍浙江,1924 年 9 月生于南京。1927 年随父亲陆志韦先生(曾任燕京大学校长,是我国著名心理学家、语言学家和教育家)迁至北平。1930 年在燕京大学附属小学读书,1937 年抗战爆发,入燕京大学附属中学。

1941 年燕京大学沦陷,支持燕京大学学生抗日运动的陆志韦校长被日军逮捕,陆卓明先生一家由燕园迁至成府槐树街四号。1941 年陆卓明先生转至辅仁中学。1942 年夏,陆卓明先生由于参加抗日活动而被日军逮捕,不久释放。

1944 年陆卓明先生入辅仁大学经济系读书,1946 年转至燕京大学经济系,1948 年获得燕京大学经济学学士学位。毕业后,陆卓明先生留校任经济系助教。

1949 年中华人民共和国成立后,陆卓明先生任燕京大学经济系讲授政治经济学的赵靖教授的助教。1952 年院系调整,燕京大学并入北京大学,陆卓明先生仍任北京大学经济系助教。1954 年陆卓明先生转入北京大学地质地理系,先后任助教和讲师,直至 1978 年重新回到北京大学经济系世界经济专业,先后任讲师、副教授和教授,开设"世界经济地理"、"中国经济地理"、"日本地理"、"南亚地理"、"苏联地理"、"拉丁美洲地理"等课程,1992 年退休后仍开设"世界经济地理"课程,直至 1993 年 12 月。

从 1952 年院系调整之后,陆卓明先生即开始从事经济地理学的研究,尤其致力于世界经济地理的研究。从 20 世纪 50 年代到 60 年代,陆卓明先生开始初步尝试建立自己的经济地理学体系,参与翻译外国经济地理文献上百万字,70 年代陆续由商务印书馆等机构出版发行。在这个时期,陆卓明先生对苏联的经济地理理论体系进行了较为深入的研究,1956—1958年他在北京师范大学参加经济地理研修班,对苏联专家讲述的苏联经济地理理论有不同的看法,因而更加深了对经济地理理论的探索。1956 年,陆卓明先生赴南方(江苏、江西等省)考察实习两个月,实地研究当地经济地理状况。

1969—1971 年,陆卓明先生被安排到江西鲤鱼洲劳动。初期进行重体力劳动,后由于严重心脏病转而管理工具房。1971 年回到北大后继续从事体力劳动。

1978 年改革开放之后,陆卓明先生的人生和学术迎来了新的春天,尤其在整个 80 年代,他频繁地在一些重要学术刊物上刊发有关经济地理的学术论文,系统阐述他提出的经济地理结构理论,在经济地理学界引起极大关注。在这个时期,他在《当代世界政治经济地理结构》(《北京大学学报》1981年第 4 期)、《经济地理结构和地区经济优势》(《经济科学》1982 年第 3 期)、《现代生产力地理分布的规律与我国生产力布局的原则》(《北京大学学报》1985 年第 3 期)、《对外开放、地理位置、三角洲》(《经济科学》1985 年第 4期)、《综合经济区划与地理空间观》(《北京大学学报》1986 年第 6 期)、《经济地理阐述体系的改造》(《经济科学》1987 年第 1 期)、《地理空时系统的认识与控制》(《北京大学学报》1988 年第 1 期)等论文中,不仅全面而深刻地阐述了经济地理结构理论的基本思想和分析体系,而且运用自己的理论对中国的生产力布局和经济区划进行了深入探讨,对我国经济发展中的生产力布局实践提出了很多极有价值且极具前瞻性的观点。在西部大开发、浦东经济区等问题上,陆卓明先生都直言不讳地大胆提出自己的观点,同时结合自己的实地调查对我国的区域经济规划提出中肯的政策建议。陆卓明先生也极为关注中国海洋资源的研究,1980 年他参加由外交部组织的海底资源问题调研,1983 年他在《海洋问题研究》杂志发表《世界政治经济地理结构中的海洋》一文,1984 年,陆卓明先生参加中国海洋问题研究会年会,就我国特区和开放城市的地理位置和规划问题提出了系统性的政策建议。1986年 7—8 月陆卓明先生应秦皇岛市政府的邀请,对秦皇岛市未来发展规划与经济区位设计进行论证,其政策建议后被国务院所采纳。陆卓明先生在经济地理领域的学术研究和经济地理规划实践,不拘泥于传统理论的成说,对欧美经济地理理论和苏联经济地理理论都有所扬弃,在学术界可谓独树一帜。在 20 世纪 80 年代中期即有一些高等学校学生以《陆卓明的现代生产力地理分布思想》、《谈谈世界政治经济地理结构学说》为题撰写毕业论文或学术论文,足见当时陆卓明先生的经济地理结构理论已经在学术界产生了较大的影响,并成为引人注目的理论流派。

　　1989—1991 年,陆卓明先生赴美国访问研究,并着手对自己的世界经济地理结构理论进行完善与论证。他在美国搜集到美国 1880—1982 年工业和农业经济布局的详尽统计数据,经过系统严谨的数据处理验证了自己的世界经济地理结构理论的正确性。1991 年回国之后,陆卓明先生即开始撰写一部系统阐述世界经济地理结构理论的专著,并坚持授课。他夜以继日地发奋工作,以致积劳成疾,1993 年 12 月在讲台上病发,书稿亦未完成,于1994 年 4 月 2 日病逝。在陆卓明先生病逝后,他的《世界经济地理结构》一书由他的研究生周文负责整理,于 1995 年正式出版,并由经济学界一代宗师陈岱孙教授作序。

　　陆卓明先生倾尽全副精力从事经济地理学的教育事业,他的深邃的学术思想和高超的教学艺术使他的课堂成为北京大学最激动人心、最具吸引力的讲坛之一。在 1978 年 12 月 6 日的《北京大学校刊》上，发表了对陆卓明先生的专题报道《为"四化"育新人——记经济系讲师陆卓明》，对这位 54 岁的老讲师的治学严谨、忘我奉献的精神给予褒扬。历届学生对陆卓明先生的渊博学识和高尚品格怀着深深的尊敬，1991 年岁末，北京大学经济学院 1990 级国际金融专业学生给陆卓明先生的新年贺卡上写道："有幸聆听您的教诲，深感您有睿智的头脑、渊博的知识和善良正直而平和的赤子之心。那是我们敬仰而钦服的一种人格。请接受我们最诚挚的祝福和尊敬。"这段文字是对作为教育家的陆卓明先生的最高认可与称颂。陆卓明先生在课堂上不仅把经济地理学的精髓以非常生动的方式传达给学生，还通过课堂展示一位知识分子对国家对民族的社会责任感与历史使命感，使学生在学问和人格境界上都得到提升。在 80 年代初期，陆卓明先生曾以"科学与祖国"为题，为北京大学全体新生作演讲，以激发北大学生以学术报效祖国的爱国情操。陆卓明先生在生前长期担任北京市海淀区政协副主席，他敢于直言，积极为国家发展建言献策。

陆卓明先生学养丰赡，爱好广泛，对西方古典音乐有着非常深入的研究和非凡的鉴赏眼光。他青年时代曾受过系统的钢琴演奏训练，会作曲，酷爱收藏西方古典音乐唱片，至今家中仍保存着数百套音乐磁带和原版光盘。他曾亲自撰写音乐鉴赏文章，编制西方 200 年以来音乐家和作品年表，系统介绍西方古典音乐和现代音乐，还尝试谱写过一些儿童歌曲，并曾应北京广播电台之约，录制过音乐访谈节目。学术研究和音乐成为支撑陆卓明先生精神世界的两个重要支柱。陆卓明先生在军事学领域也有独到而深入的研究，撰写了有关军事理论和军事史方面的论文。80 年代中期他曾应中国军事科学院的邀请，参加有关军事战略方面的学术研讨会。

作为世界经济地理结构理论的创建者，陆卓明先生在经济地理学领域的学术贡献已经得到学界的普遍承认；作为一个有着特出人格魅力、风骨高洁、情操高尚的知识分子和教育家，陆卓明先生对北大学子的精神世界产生了深远的影响，必将赢得他们永久的尊敬与怀念。2010 年 12 月 12 日，由陆卓明先生的历届学生发起,在北京大学经济学院举行"陆卓明先生纪念会暨系列著作出版发布会",以寄托学生们对这位一生尽瘁学术倾心教育的老师的由衷追思。

王曙光
北京大学经济学院

编者前言

2009 年深秋,在北京大学经济学院世界经济专业(国际经济系的前身)成立五十周年的庆典上,与会校友共同倡议捐资为陆卓明教授出版著作与纪念文集。我们随即在网上向校友们发出了稿约,获得各届校友和陆卓明教授生前友好的热烈回应。经过一年多的编辑整理,这本汇聚了大家心血与情感的纪念文集终于付梓。

纪念文集中收录的文章,大部分是北京大学 20 世纪 70 年代后期至 90 年代校友的怀念文字,这些校友来自经济与法律等系,除此之外还有国防大学、北京师范大学的朋友。更难得的是,纪念文集还收录了陆卓明教授的生前好友林叔平、胡亚东等前辈的纪念文字。这些文字从不同的侧面展现了陆卓明教授的学问与人格风范。本书编者及陆卓明教授亲属对本书收录文章所涉及的史实进行了订正与核对。

纪念文集的附录部分是陆卓明教授生前所写回忆录《未名湖——回忆燕园内外》的一部分。陆卓明教授 1994 年患病期间,燕京大学 1945—1951 年级校友纪念刊编委会曾经整理过部分回忆录,以"忆燕园、忆先父"为题发表过一部分,后收入由

"《燕京大学校长陆志韦》编写组"编写的《燕京大学校长陆志韦》一书（2005年12月30日内部发行）。此次将该文收入本文集，本书编者与陆卓明教授亲属参酌陆老师回忆录对该文进行了较大的增删，特此说明。

北京大学经济系77级校友杨滨为本书出版提供了资助，特此感谢！

目录

斯人已逝，遂成绝响

■ 吴志攀*

　　25 年前,在北大法律学系读研究生的时候,我经常在校园里看到一位老师:他总是背着一个很大的透明塑料袋,里面装的是各种地图。这位老师在大饭厅吃午饭,和所有的学生一样,或者蹲着,或者站着,在拥挤的环境里怡然自得,总会有学生凑过去与他说话。有时,他站在三角地书店前的宣传栏,一边看着那些墨迹淋漓的海报,一边抽烟,若有所思。

　　我永远不会忘记他的模样:戴着白色塑料框的眼镜,头发稀疏,穿白衬衣,个子不高,比较瘦弱,还有些驼背。也许在那个年代,几乎所有的知识分子都是这个样子。但这样一位其貌不扬的老师,给我留下了不可磨灭的印象。二十多年过去了,我自己也已成了教授,可只要我一站上讲台,就会想起他讲课时的音容笑貌。

　　这位老师,就是陆卓明先生。

---

*　北京大学 78 级法律系,现为北京大学法学院教授,北京大学常务副校长。

念研究生的时候，我选了一门课，"世界经济地理"。选这门课完全是出于对内容的兴趣。当我走进课堂，发现上课的老师竟然就是我经常在大饭厅、三角地看到的那位先生。他那一大塑料袋里装的地图，都是他自己绘制的。

除了开课之外，学生会还多次邀请陆老师举办全校讲座。讲座时连教室的过道上都站满了学生，还有很多学生在讲台周围席地而坐，窗台上也坐满了学生。我还清楚地记得，陆老师的课安排在老二教的 103 阶梯教室，大约可以坐两百多人。那时，老二教配备的麦克风时好时坏，但教室里总是鸦雀无声，就算坐在最后一排，也可以听得很清楚。

我还记得，有一次陆老师晚上做讲座，两个多小时站在讲台上一动不动，也没有喝水——因为周围都坐满了同学，他只剩下"立足之地"了。好在地图事先挂好了，陆老师不用动腿，只需动嘴。他也想走到黑板边，用手指一下地图，可没有办法做到，就只好用语言来指引。同学们的目光，随着陆老师的话音，一点点地，找到他所指的区位。

为什么陆老师的课这样受欢迎？而且是在名师如云的北大？答案只有一个：听他的课，是最高水准的艺术享受！

陆老师的名气并不大，也没有留下太多的著作。可是我，还有数以千计听过他讲课的北大学生，都佩服他的博学，他的语言的生动与幽默。他对各个学科都有独到的认识，他对未来有惊人预见力，他还是个了不起的战略家……

陆老师的课"信息量"很大。他的眼界之开阔，令人叹服。我举几个例子：陆老师在解释"战略极"的概念时认为，当今世界上有五极：美国、苏联、西欧、中国和日本。他从政治、经济、宗教和军事等各个方面来说明为什么这五家可以称为"极"。他特别强调，由于洲际弹道导弹、核潜艇等战略武器的出现，已经改变了世界地理的旧观念。他还强调，虽然日本地理位置与中国很近，而且整体上看，还是美国战略极在亚洲的代表，但是，日本的实力最不容小觑。

当时有同学问,日本没有核武器,为什么能作为世界意义上的战略极呢?陆老师说,在日本的横须贺港,有美军的基地,随时可以部署核武器,而且凭日本科技水平与经济实力,也能在很短的时间内制造出核武器。我们看这个问题,不能静态地看,未来一旦有事,是否会发生突变?要处理国际问题,必须看得长远,要有战略眼光。

还有一次,陆老师讲到西非的自然灾害与人口数量的关系时,他说,西非连续出现饿死千百万人畜的大旱灾,灾荒频率在逐渐提高,灾情一次比一次严重。值得注意的是,每当一次旱灾过后,雨水较丰的年月总是使更多的人畜拥入这个地带,人们都认为灾荒仅仅是暂时的天降不幸。可是,这样的人口流动,后果是灾荒频率更高、灾情更严重、灾区的面积更大。所以他提出了三个观点:一、人口的增加超过土地负载能力是导致灾荒的根本原因。因为整个地带都出现人口过多的情况,尽管受灾各民族的生产方法与生活风俗习惯各不相同。二、灾情不仅取决于降水量,而且也取决于人口数量。三、越是采用"乐观派"的"广阔天地大有作为"论,就越是会加重灾情。

陆老师的视野很宏大,他说,从尼罗河到印度河,干旱区的一个个灌溉区都在经历着相同的过程,即由于人口增长而增加耕地,但新耕地不久就被增长的人口所淹没。在第二次世界大战以后建立的灌溉区,这个过程的推进尤其快速。

陆老师的这些精辟见解,让我们大开眼界。在"文革"刚刚过去不久的时候,讲这样的观点需要一定的勇气。更重要的是,陆老师启发了我们,要学会对各种现象进行国际比较,从而发现规律。

又如,陆老师在课堂上还讲过一个特别有意思的观点。经济地理学上有一个问题争论已久,就是沿海与内地的关系。一是,由于近代外向型经济的发展,"沿海布局"已成为现代生产力分布的一种模式。各大陆经济分布的中心大都在沿海地带是这个看法的一个证据。二是,沿海应该支持内地的经济发展,以促进内地与沿海在经济发展上达到平衡。这是发达地区支持落后地区理论的一部分。

这两种看法其实是互相冲突的,因为,如果沿海布局已成为一种模式,内地的发展又怎么能够赶上沿海?

陆老师很深刻地指出,如果我们能够看到沿海布局本身不是一种模式,而平衡布局也是可望而不可即,那么我们的思路就可以从这两个枷锁中解脱出来。

陆老师还帮助我们建立起知识与知识之间的联系。他用挂在黑板上的世界农业带示意图,给我们讲解分布在全球各地的玉米、小麦和大豆的生产情况。这些农作物作为饲料,又与养殖业联系起来,养殖业又与工业化大生产联系起来,工业化大生产多与大都市圈联系起来。陆老师讲得丝丝入扣,引人入胜。

我在陆老师的课上,第一次听说了"波士华"(BOSWA)和"纽伦族"(NEWLUND)这两个概念。陆老师解释,"波士华"是美国波士顿到华盛顿之间形成的工业带,这两个大城市之间,有"空中巴士",每十分钟就有一班飞机对飞,随到随飞,就好像公共汽车一样方便。

"纽伦族"是居住在美国纽约却在英国伦敦上班的人,或者相反。在廉价航油的时代,伦敦到纽约之间有超音速民航客机对飞,只要三四个小时,就可以从伦敦的希斯罗机场飞到纽约的肯尼迪机场了。

我至今记忆犹新,当时我听到这两个概念的时候是那样震惊,我真切地感受到现代化有如此伟大的力量。那个时候,还没有"全球化"、"地球村"这样的概念,但是我却从陆老师平淡的讲述中,感觉到世界正在发生巨变。

陆老师不是专业的绘图员,但他自己绘制出各种世界经济地图,他的每一堂课,都好像在举办"地图展"。各种地图挂满黑板。

陆老师是专门从事世界经济地理学研究的教授,他把很多知识都整合到世界地理系统中,娓娓道来。

陆老师的学术贡献应该由经济地理学领域的同行来做评价,但是我相信,他的许多观点会有长远的影响。2002年的《南风窗》杂志曾经有如下的报道:

> 按中国已故战略地理专家陆卓明教授的观点,城市带分三级:一级特大城市带有三个,即美国东北沿海波士华、日本三湾一海、西欧西北英法德西城市带;二级大城市带有三至四个,如加利福尼亚城市带,其经济总量比中法英任何一国的 GDP 都大;三级大城市带包括中国的长江三角洲城市带等。

根据陆老师二十多年前的主张,"中国今后的城市经济发展战略,应把重点放在将长三角、珠三角、环渤海、辽中南、济青烟、厦漳泉等小城市带串成一条东南沿海十亿人口一级的特大城市带。"

陆老师在课堂上告诉我们,"大城市带"理论创始于美国。戈特曼教授 1942 年到美国东北部沿海城市考察,注意到阿拉巴契山以东,一个个大城市迅速发展,并和周围一些中小城镇组成城市集团,如波士顿、纽约、费城、华盛顿等城市集团。15 年后的 1957 年,他再次到原地考察,敏锐地注意到一个新情况:从新罕布什尔州到弗吉尼亚州,沿主要交通干线大中小城市连绵不断,城市与城市已经没有界限,仿佛已连成一体,形成了巨大的城市带。

陆老师是比较早也比较系统地利用这个理论来解释中国城市化现象的学者之一。他当年在课堂上有许多宏大的构想,我们曾觉得那不过是非常遥远的梦,可今天都成了现实。中国城市带的崛起,只用了短短二十年。我相信,未来的发展,还会像陆老师所设想的那样,"串成一条东南沿海十亿人口一级的特大城市带"。

此外,陆老师的核战略思想也异常深刻。他是这样解释核竞赛的根源的:

当最早投掷的原子弹显示了它们的战略威力以后,世界上极为众多的人们产生了一种幻觉,以为永久和平已经到来,因为不论各种政治倾向的人们愿意或者不愿意,单方具有原子弹的一国似乎总是可以凭借这种武器的威胁来达到"不战而胜",尽管这种永久和平只是一国霸权控制下的不公正的和平。

这种幻觉不久就破灭了,因为:

第一，不仅美国的敌国，而且美国的盟国也大都不能长久容忍美国的霸权。所以，美国的敌国就在"原子弹不可怕"的口号下加紧发展自己的核武器，美国的盟国则在"补充核武器"的口号下发展自己的核武器。

第二，当时的核武器的威力，不论是美国的或他国赶制的，还不足以摧毁敌国的全部军事力量与全部经济。敌国的常规兵力与核武器仍在本国土地或海洋上有相当大的回旋余地，可用以进行核反击。不论哪一方先动手，战争的结果都将是双方都只能实现接近于幸存的中下之策或下策。所以，双方都不敢先动手，并互相利用对方的战略弱点而加紧发展自己的核武器，以抢先达到能够一举摧毁敌国全部，迫使对方不战而降。这就是核武器的竞赛时期。

我记得，当年陆老师在课堂上反复对同学们说，不要太幼稚，不要太听信"国际主流媒体的说法"，要保持清醒：我们自己有了核武器，才不会挨打。

上了一个学期陆老师的课，之后在校园里见到他的时候少了。而我自己，念完硕士，又念了博士，最后留校当了老师。

留校后，我再也没有见过陆老师。直到有一天，学校教务部要我填表，其中有一栏要我写对如何当好大学教师的建议。我想起了陆老师，于是我就写：当老师，就要像陆卓明老师那样，认真备课，认真讲课，知识渊博，见解独到，热爱教学，热爱学生。

表交上去了，后来有人对我说，这样写不行，谁是陆卓明呀？是先进模范？是著名学者？为什么要像他那样呢？我感到有些沮丧，我自己也不知道"理由"。

后来我才知道，当我填那张表时，陆老师已经走了。

他走得无声无息，学校里的许多人都不知道他走了。90年代中期以后进北大的同学，再也不知道他的名字了。

在我写这篇文章的时候，我试图在网络上搜索关于陆老师的信息。尽管今天的互联网搜索功能十分发达，但是，却很难找到多少关于陆老师的信息。我只好托北大人事部和档案馆的同事，帮忙找到陆老师的一点资料：

陆卓明,男,1924年9月出生在江苏南京,原籍浙江吴兴。1994年去世。陆志韦的第二子。1948年受业燕京大学,1948—1952年燕京大学经济系任教,1952—1954年北京大学经济系任教,1954—1978年北京大学地理系任教,1978—1992年回到北京大学经济系国际经济专业,著有《世界经济地理结构》。1992年7月退休,1992年10月获得政府特殊津贴,1994年4月因肺癌病故,时任海淀区政协副主席。

这一段冷冰冰的文字,让我忍不住想要流泪。此前,我真的一点也不知道,陆老师就是当年燕京大学校长陆志韦先生的儿子。作为燕大校长,陆志韦以治校勤勉、尊师爱生而闻名,在抗战中,他被日军关进集中营,但他坚贞不屈,表现出了民族的气节。也许校务长司徒雷登的名气掩过了这位校长,但是,对于无数燕大校友来说,陆校长的形象,是非常崇高的。

可是,陆老师自己从来没有对同学提起过一句,我们都不知道,陆老师上课的校园,也就是他从小长大的地方。他只是讲课,只是把自己的知识传授给我们,他的身上看不到任何一点优越感。也许只有这样的风度,才真正配得上他的家世和教养?

陆老师一定不认识我。当时很多学生崇拜他,就好像今天的学生崇拜明星一样。他的课堂,永远要提前占座位,或要有如同今天上班高峰时挤地铁的勇气才能挤得进去。我从来没有提过任何让他留有印象的问题,也从未敢在大饭厅里凑过去跟他说话,更不敢在上课时坐在讲台上,找机会请他在教科书上签字留念。我实在是太普通、太平庸、太害羞了。

可是,我已经不止一次在填写学校下发的教学建议表时,写下了他的名字。二十多年过去了,我已经该进入"老教授"的行列了,我还能做什么呢?我只能希望,北大的年轻老师,要向陆卓明老师学习。他的身上,有我们北大的精魂。

在写这篇文章时,我了解到,北大经济学院的王曙光老师当年采访过陆老师,还写了采访文章。王老师当年是北大经济学院的本科生,也像我一样听过陆老师的课,也像我一样,是陆老师忠实的崇拜者。

　　我找到了王老师的邮箱地址，我写 E-mail 给他，说希望拜读他在 14 年前写的关于陆老师的文章。也许是因为时间太久了，王老师在计算机上找了半天，也没有找到。可是，刚从农村调研回来的王老师，凭着记忆，连夜重写了当年那篇采访陆老师的文章，并且发给我。我深深感动了，我对他说：写介绍陆老师的文章，是当年所有听过他的课的学生的使命。

　　这篇文章的题目是《逝去的绝响》。为什么起这个悲伤的题目？王老师解释说：今天，学院里已没有老师再教"世界经济地理"这门课了，经济学院的学生，课表上已没有这门课了。就好像"广陵散"，斯人已逝，遂成绝响。

　　我又到图书馆借来了陆老师的著作《世界经济地理结构》。这本书还没有写完，他就去世了，是由他的研究生周文最后帮助他完成的。这本大十六开本的书，中国物价出版社 1995 年 12 月出版，只印了 1000 册，也许很多大学的图书馆里都找不到吧。

　　可这确确实实是天才之作！陈岱孙先生作了序，他说：

> 　　陆教授是著名的经济地理学家，在北京大学从事经济地理学教研工作垂四十年。从五十年代初教授经济地理和区域地理等课程时起，他就感觉到，从西方引进的关于经济地理的传统理论存在着许多缺陷，于是开始了有关的探索。积四十年不断研究，他逐渐形成了自己的一套理论。但由于教学任务重，而他又认为所形成的理论还需要一些事实和统计数据予以充分证明才能成为定论。因而，虽然他有些主要观点曾散见于若干篇已发表的论文中，他却坚持要对他的理论做全面系统的文字著述。这一部著作，是在 1991 年后才开始撰写的。在陆教授得病时，本书的前三部分已完全完稿，其第四部分亦已基本上经过修改，在陆老师去世后，由其弟子做些必要的文字修整。

　　这本大书中的许多珍贵地图，都是陆老师当年课堂上使用过的，都是他自己亲手绘制的。

　　书的封面装帧再简单不过，如同陆老师当年穿的衣服一样俭朴。书中的文字，好像陆老师讲课的语言一样，准确、生动、幽默。

　　我在灯下展开陆老师的大书,好像又回到了陆老师当年的课堂上,已年过半百的我,再也笑不出来了。我的眼里含着泪,在字里行间,我静静地凝望着他的面容,细细地听他讲课。

　　我想找寻 25 年前的那一段岁月,还有那个年代的精神气质。

永远的求索

——忆陆卓明兄

■ 胡亚东[*]

　　陆卓明离开我们已经 16 年了,在这长长的日子里,我常常想起他一介书生,一身布衣,一个书包,这种书包如今已经看不到了,我却向他学习了 16 年。到现在,我仍然同样地每天提个这样的书包去买书、购物、购食品。这似乎是书生的本色,卓明的确是一介书生,他博学多才,兴趣广泛,品德高尚,是我众多同好中的楷模。如今,要出卓明的纪念文集,他的夫人韩维纯大嫂和卓明的好多位弟子找我,要我写点纪念的话,我怎能不写呢,何况我和卓明之间颇有可谈之事呢。

　　我和卓明实是相见恨晚。大约在 1977 年中国人民从苦难中刚刚苏醒过来,尤其是知识分子不但从物质方面,更从精神方面见到了曙光。知识分子都有多种兴趣爱好的"毛病",我和卓明

＊ 原中国科学院化学所所长。本文曾发表于《读书》杂志。

都是音乐爱好者。卓明生于学者家庭，自幼习练钢琴，文化素养极高，对西方古典音乐有很深的修养。我虽自少年时即喜西方古典音乐，但自忖所知甚肤浅。20世纪70年代末已有可能听到由高新技术的声响器材播放音乐了，当时，音乐爱好者初次听到今天看来水平很不高的立体声播放机发出的"立体"音响时，为之震惊了，相较在此之前听到的单声道的音乐播放，"立体声"简直太美了！我认识卓明就是从立体声的播放开始的，从此我们两人走过了十五年多的音乐友谊。我们两人都认为找到了真正的"知音"，共同欣赏、探讨、评论音乐十几年。太短了，但是这也是很难得的机遇，人生能有几个知音！几个十年！在我们短短十几年的交往中，我们都深深体会到这音乐的友谊实在太令人向往，令人怀念了，为我们各自的生活添了无数的光彩。

卓明所学专业为经济和世界地理，我学的则是化学，彼此相隔甚远，在专业方面我们的交流实在极少。他在地理学方面的造诣极深，深在融会贯通，据说他并不囿于传统或前人之说，而是极有深思熟虑后的自我见解。他曾和我简单谈过一些他对世界地理的观点和见解，我虽不太懂，但觉得很新颖。他在讲课时做到深入浅出，颇具新意，他的课常常吸引很多外系学生来听，常常是场场满，座无虚席。我见到过的他的学生们都称赞卓明讲课之美，大概也和他有深厚的音乐修养有关。曾听说他考研究生时，甚至除了地理外，必须喜欢音乐，否则不收！！真是妙极了。

还是让我回忆和卓明共同欣赏音乐的经历吧。对于喜欢音乐的人甚至音乐家，广泛聆听不同演奏家演奏不同作曲家的作品不但是必需的，而且是必然的。现场音乐会毕竟是不多的，尤其像过去几十年的中国更是少之又少了。那个年代西方就是资产阶级，从文化到物质都是反动的，像我们这些从小喜欢音乐的，那个年代的日子是寂寞的。"文革"后才于无声处听惊雷，大量的过去听过的或未曾听过的，知道的和不曾知道过的曲目都慢慢地进入到我们的耳中。如何进耳呢？的确有一个非常有趣而令人难忘的时刻和过程。

　　大约在 1978 年，卓明听说我弄到一台盒式录音带的"机子"，卓明喜用"机子"一词来表达所有的有"机关"的设备，如照相机等也叫"机子"，他的这个名词我的全家都喜欢套用直到现在。不久他也弄了一台"机子"，于是他找我把机子带到他家，用两台机子复制音乐录音带。开始时，还弄不到转录线，只好把两台录音机面对面对放在一起，一台放原版带子，另一台放空白录音带子，还需把屋子的门窗关好，大家屏住呼吸，怕杂音录入带子，这样录了一段时间，后来有了连接线，就方便多了，也不必关窗、关门了，边录边聊也可以了。再后来，黄昭度同学弄到一台双卡录音机，卓明也弄到了一台，复制就更容易而且精确了。但是，在 20 世纪 70 年代末市上能找到的音乐录音还不多，大家多方面设法寻找，甚至在国内、国外到处寻找，听的音乐也越来越多了。很多过去只听过很少的，这时都可以听到了，如贝多芬的钢琴奏鸣曲，过去只听过不过几首有名的，这时可以听全 32 首了。这种喜悦愉快的心情，事过三十年仍觉得有着无限情趣。

1978 年陆老师有了第一台录音机，图中陆老师正在听音乐

　　卓明做任何事都极细心仔细，用录音带复制音乐看似简单，但不知历史

的人却不能想象当时是如何"复杂"。70 年代末,久违先进科技的中国人看什么都觉得新鲜、难得。当时的可供转录信息的盒式录音带很难买到,也很贵,转录音乐要争分夺秒。卓明则极用心,可谓精于此道。他把每种录音带,如索尼、TDK、万胜、飞利浦等名牌空白录音带都在"机子"上转一遍,测出每种的精确时间长度,精确到秒,分别记录在案,这的确是一件繁复的工作。由于录音机都有一个数字显示,但不代表时间,所以还需换算成时间。正式转录复制时,则把原版带中音乐的章节时间测到秒级,最后手持秒表细心观看录的过程时间,基本能做到音乐演至最后音符时差不多就到了带子的尽头。我和卓明就这样地精心节约地把莫扎特、贝多芬、巴赫等作曲家的名曲复制下来聆听欣赏,其费时可以想象了。然而听起来却不负劳动之苦,愉悦是无法形容的。当时录音带制造水平还很不高,带子常常出问题,有时甚至要拆开"机子"来解决,那可就更麻烦了。然而卓明和我都练就了一身倒弄"机子"的过硬本领! 事过三十多年回忆起来颇感兴趣盎然。

卓明的音乐修养比我高明得多,他的钢琴弹得很好,但是几十年忙于改造思想,琴也很少弹了。我和他大致相似,只是什么都比他差一级! 此时大家有可能能搞点业余爱好了,但是知识分子都有理想和责任感,业内之事则更令人需全力投入来弥补几十年之缺。20 世纪 80 年代初知识分子的心情是极为特殊的,我们都经过以前的和以后的时代,整理、分析、研究这一时期中国知识分子的心态和行为似乎是很有意义的。直到近 80 年代末的十多年中,卓明和我几乎把西方巴罗克、古典主义、浪漫主义、印象派、新古典主义、民族风格等 19 世纪以前的名曲都听遍了,而且某些名曲还收集了多种演奏风格的录音反复聆听,边听边讨论,他知道的总是比我多一些。贝多芬是我们最崇拜的大音乐家,他的 9 首交响曲名气最大,但是我们却更喜欢他的 32 首钢琴奏鸣曲和 16 首弦乐四重奏。钢琴奏鸣曲他最钟情布伦德尔的演奏,这也影响了我,此后我对布伦德尔的演奏艺术情有独钟,这就是从卓明之处来的。卓明曾告诉我,他去世交赵萝蕤先生家,常被"都不"先生校正"只许听布伦德尔!",赵先生非常有个性,脾气也不小,文人大多如此。而贝多芬的弦乐四重奏则高水平的演奏都不分彼此,倒是没有突出任何一个四重奏乐队,当然,不同的特色也是我和卓明谈论的重点。对于哈洛维茨,卓明只是欣赏他演奏的拉赫曼尼诺夫的第三钢琴协奏曲,而且极力推荐,并认为拉氏的第三协奏曲是四首中最"棒"的。除了德、奥音乐家外,卓明最喜欢的是柴可夫斯基和拉赫曼尼诺夫,他有很多精辟的评论,我受他影响颇多,尤其对拉氏的喜好。我常常和他谈 20 世纪 50 年代我听过的苏联音乐演奏大师,如指挥家穆拉文斯基、提琴家奥伊斯特拉赫、柯岗、钢琴家奥柏林、李赫特、吉利尔斯等的音乐会,他一直对俄国的演奏家评价极高,有时听我述及上述演奏家,他则非常羡慕,凡有可能找到上述演奏家的录音他都绝对不放过。

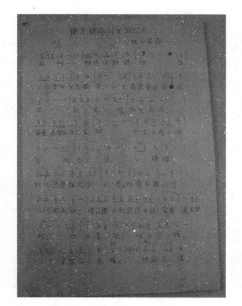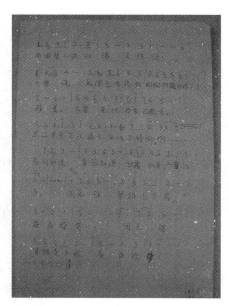

陆老师给纪念周总理诗歌谱的曲

1983 年我去了巴黎,任职于联合国教科文组织,我并不喜欢这份工作,但是在巴黎却大大享受了音乐,而且旁及卓明。后来卓明夫人韩维纯告诉我:"卓明一生写信不多,但是你在巴黎的几年他却每月都给你写信,我不知你们谈些什么,大概是音乐吧!"没错,这是真的。巴黎的音乐生活是非常丰富的,歌剧、交响乐、室内乐,几乎天天数场,但是我却因为阮囊不太畅,几年也没听过几次,而唱片却因可多次聆听,选择余地又广阔,我只好选择了后者,几乎每星期都能买几张,我差不多跑遍了巴黎的唱片店,两年多时间收集了上千张! 其实这期间我几乎把每张唱片都录成盒式录音带,分期分批托人带回北京给卓明欣赏。我们通信的内容都是对这上千种录音的分析和讨论,难怪鸿雁频频了。卓明在北京以书信指点我购买,听了以后又再研究、讨论,真是令人难忘的时光呀。人生难得,如今忆起,卓明已经走了十多年,我寂寞了十多年!

80 年代是大家最忙的时候,都为失去的几十年光阴做补救。卓明用功极勤,整天在电脑上整理研究他的地理资料,那时我还不会弄电脑,他已经是行家里手了。我当然也忙了。这期间他曾去美国访问,只呆了两年多就回来了。他对西方了解很深,陆志韦先生曾是燕京大学校长,是司徒雷登的老朋友,卓明也曾多次见过司徒雷登。他当然对美国、西方有较多的了解,然而他却告诉我他不想在美国多呆,终究中国的情结太深了。而且中国还有很多朋友可以畅谈音乐,岂可不归。尽管大家工作太忙,但总有稍空的时间,那么音乐就永远陪伴着我们了。

卓明有用不完的精力,地理学的成就我虽不懂,只知道他有他的理论,有他独立思考的成就,他讲课生动活泼,总有新意。他的书房很小,只有十二平米左右,一个直径近二米的巨大圆桌,上面放的是一台音响,各种地图,一排音乐光盘,而电脑放在旁边的小桌上。他整天坐在这个圆桌旁,他抽了一辈子香烟,屋中满是烟味,他独坐其中浑然不觉。我也抽烟,但比他少多了,去他家一入他的"多功能厅"也呛得够受,然而他却埋首书堆中,音乐则不停地为他伴奏,如同一个神仙。在他生命的最后的日子里,他已知医生回天无术,要求回家,我想他还是留恋他的满屋地图,几千首音乐,愿意伴着他的所爱走向西天。在他生命最后十几天时,我忽然得到俄国作曲家拉赫曼尼诺夫的歌曲集光盘两张,其中有一首只有两分钟的歌曲,名叫"春潮"(Spring Water),这首歌曲正是卓明和我相识 16 年中常常为之不能忘怀的,思之甚切,而于他少年时代常常弹奏的一首曲子,他似对这曲子情有独钟,但多年却找不到录音可听。这时他已在生命的最后时刻了,我却极为喜悦地带着这张光盘去看他。他躺在床上,已经无力谈话,静静地,他一定很痛苦,看到我,笑了笑,当我告诉他找到了这首音乐时,他苍白的脸上立刻泛起了红晕,眼睛一亮,当我把耳机放到他耳中,打开"机子"时,第一个音符响起时,我感觉他忽地想跳起来,然而他终究是没有力气了,但是那久旱逢甘雨的喜悦则溢于言表。他盼望已久的童年的回响终于在最后的时刻听到了,他满意了,据说最后几天他天天都在听这首"春潮"。我想对于一个把音乐看成是自己第二生命的人来说,卓明真的满意了!

卓明走了。他不应走得这样早。他的理想还未实现,他的音乐还未听够,上帝太无情了,过早地把他叫走了。在他遗体告别会上,韩维纯找我问放什么音乐好,我毫不犹豫地告诉她,放柏辽兹的安魂曲。告别仪式上这首与众不同的安魂曲有着动人心弦的宏大乐思,震撼着所有卓明的朋友,卓明的一生也是震撼人心的。

他的心像月光一样高洁纯正

　　我和卓明相识四十多年了,只是近十多年来才越来越了解他,特别这次他在病中,我算是真了解他了——因为我在他身上看到了陆志韦先生!那么清楚地看到了陆先生!记得当年第一眼见到陆志韦先生,就为他所吸引,很奇怪的,我多么想能和陆先生交朋友,让他的精神深深地影响我!当然这不可能。可是我一直倾慕他,为什么,也说不清楚,只觉得这才是一个真正的学者、真正的人吧!

　　后来我当兵去了,基本上就再没有去陆家。近十几年来,又接上了头,可是我只能见到陆志韦先生的照片了。渐渐地,从卓明身上越来越感到了解了陆志韦先生的精神,那种在逆境中对真理锲而不舍的追求精神,那种对世俗的物质生活一无所求的淡泊精神,那种对祖国深沉的爱,越来越感染我。这次卓明在病

　　* 本文摘自 1994 年 4 月林叔平先生给陆卓明先生夫人韩维纯女士的信。林叔平是陆卓明先生生前好友,任教于中央音乐学院。

中的谈话，还有你和我的谈话，使我彻底地感到陆志韦先生的精神就在你们身上（当然也在怀东和陆望身上），我太高兴了。

我这几天一直在回忆卓明与我交往的过程，一直追忆到我最后在医院看他。那时他虽很衰弱，但我仍然感受到他内心那旺盛的生命力……很奇怪，我不觉得应该告别，卓明在我心中的印象始终是活生生的，比多少"赖活着"的俗人不知强上千倍万倍！

记得当年听卓明弹德彪西的《月光》，我一直是从心里佩服的，直到今天！我还没有听过哪个洋人比他弹得好——他那么有感觉！那天我在医院和他说起这事，他说：对！他确实有些感觉是别人所没有的。

我如今更懂得，卓明的心正像月光那么高洁、纯正，所以他能从充满坎坷的一生中达到一个真正的知识分子最高的心灵境界。

心中的世界

■ 姜岩松[*]

      我的老师陆卓明先生是一个纯粹的北大人,他离开我们已有十六个年头。是思念,使我们相聚,在时间的河流中逆流而上,共同回放那已远去的身影。

      陆先生的双亲,陆志韦先生和刘文端女士,于 1921 年在燕京大学喜结连理。1924 年,陆先生出生,其一生绝大部分时间,是在燕园度过的,他仿佛是燕园浸润的一块美玉,外在儒雅,内里刚强。

      陆先生生命中有三大精神支柱——音乐、北大、师母,仿佛托起鼎的三足。岁月的风霜刀剑,未曾动摇陆先生作为北大(燕园)人的赤子之心! 音乐是净土、是任思绪起伏飞扬的天空;北大(燕园)是宿命,陆先生的父母倾力于此,陆先生本人先是学于斯,而后教于斯,应该说,陆先生对北大(燕园),有一种"乡土情结";师母,是陆先生前世修来的福,今生护佑他的天使。

* 北京大学 84 级世界经济专业研究生。

陆先生的一生,因历史的巨变、因家学的传承、因个人品性的高洁、因对学术与教学的孜孜以求,在那个无情的年代,经历了莫名的苦痛与耻辱。但他心中的世界并没有垮塌,他的魂魄系于此,当历史的天空变得晴朗起来,陆先生的讲堂上,传来习习春风,那股暖流,岂是内心寒冷的人能带给我们的!

"把爱全给了我,把世界给了我,从此不知你心中苦与乐",陆先生一生倾注于教与学,受益的自然是我们——他的学生。岁月的流逝,让我们有了些许领悟,陆先生躬耕于"世界经济地理",他心中最重要的一块版图,就是我们的祖国;魂牵梦绕的家园,就是我们的校园——燕园;最美好的事,就是站在北大的讲堂,培养一代代北大人。陆先生是有大爱的人,这样的人,心里的苦痛往往甚于常人,而他传递给我们的,却是温暖的绵绵不绝的力量!

谨以此怀念我的恩师陆卓明先生!

陆老师的宏观视野和思辨方式

　　毫无疑问,在名师如云的北京大学,陆老师是最受学生欢迎的老师之一。能成为他85级的研究生,是我一生的荣幸。

　　我离开北大已经二十多年了,曾在政府多个部门工作过,现在香港从事国际金融和投资业务。陆老师的理论和观点,始终指导着我对形势的判断。经的事越多,走的地方越广,越能体会到陆老师的"一针见血"。他是一位经济地理专家,对我而言,他更像一位哲学家。他几十年前的观点和论断,对今天仍然具有实际的指导意义。

一、"背负青天朝下看"的宏大视野

　　听陆老师讲课,为什么觉得过瘾?很重要的一点,是他观察和分析问题的角度。他不是蹲在地上看世界,而是站在太空,背

* 北京大学85级世界经济专业研究生。

负青天朝下看,因此,他的视角才如此宏大,才如此具有震撼性,才能见人所不能见。

陆老师在论述"世界生产力分布的基本轮廓"时,明确指出:地理壳是人类活动的"自然载层",在任何时间、任何地点,自然载层所能提供的地基与自然资源,都不能完全满足人们需要。人们曾经以为通过各地间的交流,各地人们活动所需的地基和资源都可以得到满足。但事实是这些交流可以缓和某些地点的要求,但同时却可能加重其他地点的饥渴。科学技术的发展,同样解决不了这个问题。

陆老师几十年前的论断,今天仍然震耳发聩。改革开放以后,我国的经济取得了举世触目的高速发展,但同时也让我们惊醒,中国并非"地大物博",我们所需的几乎所有自然资源,都严重依赖进口。曾几何时,我们相信自由贸易,相信可以通过公平交易,换取我们所需的一切。但现在看起来,真是"太傻,太天真!"

陆老师早就指出:

第一,自然载层所提供的资源,分布是极不均衡的,无法满足所有人的需要,缓解一地的需求,会加剧其他地方的供需矛盾。

第二,更重要的是,地表面积和资源有限,是经济生活中各种垄断产生的根源。运输上的耗费则会加剧这些垄断。市场上的交换,实际是凭借自己的一点垄断,来换取别人的垄断。价值规律不得不让位于对垄断权的利用。资源并不会由于设想一种纯粹的自由竞争,就会得到合理的分配。产生垄断的根源,是个空间问题。

想想我们的铁矿石谈判,想想我们在国外不得不开天价购买自然资源,想想印度对我们的恐惧,想想西方对我国的戒心,想想哥本哈根会议背后的较量……哪样不和资源争夺以及对资源的消耗权有关? 人人心知肚明的事实是,如果中国人和美国人一样享用资源,地球将无法承受。问题是,为什么只能西方人住大房子,开汽车,一天洗两次澡,而中国人却不可以? 为什么有限的资源,为了保证西方人多用点,发展中国家就要少用点?

二十多年前，一般学人，要么信奉马克思的价值规律，要么信奉西方的自由贸易。陆老师没有人云亦云，他的结论，完全来自自己的独立思考。今天回忆起来，是多么的难能可贵啊！

如果我们几十年前，就听陆老师的，早着先鞭，在发展经济的同时，在全球收购自然资源，哪需要面对今天的窘境：一方面不拥有任何越来越短缺的海外战略资源；另一方面却把亿万人民辛辛苦苦的血汗劳动，换成国家手中巨额的不断贬值的美元。

二、哲学家的思辨方式

一般人看树就是树，看山就是山。陆老师不同，他不仅看人们看得见的事物，更要看所有事物背后的关联关系。他认为，物质的空间分布，是由物质既吸引又排斥的"排引"关系决定的。任何事物都有自己的空间分布，这一分布来自它与其他事物之间的排引，要改变这一分布必须克服原有的排引。也就是说，任何事物的运动必然要付出空间耗费。人们一旦注意到事物内部的空间关联，就会看到事物的地理分布不只是一个个各具其形态（特点）的地点的排列，而且是由这些不同地点相互关联而成的一个或若干个结构。这是"地理结构"产生的根源。陆老师给"地理结构"做出了自己的定义：地理结构是关联在一起的形态不同的地点，或形态不同的地点和他们的相互关联。关联是地理结构的一部分，具有自己的空间分布。它与组成地点的事物处于同等重要的地位，而不是地理结构的次要的、从属的部分。

陆老师的地理结构理论精辟地论述了"坐落"和"位置"的差别。"坐落"是由参照系来确定的地址，而"位置"是一个地点与其他地点的经济关联的总和。当一个地点本身或其他地点的形态发生变化时，这个地点的位置就会发生变化。也就是说，一个地点的"坐落"不会变，但它的"位置"却会随自身或关联地点形态的变化而变化。这一看似浅显的道理，从没有人像陆老师那样讲的如此透彻。实践中混淆"坐落"和"位置"的事情常有发生。

1988年海南建省后，准备在一个几乎无人居住的，长满仙人掌的，叫作"洋浦"的地方，再造一个香港。当时大家认为，香港之所以成为东方之珠，主要靠两条：第一条，香港是天然良港；第二条，香港有"自由港"政策。洋浦我去过多次，的确是一个天然良港。狭长的环形岛围成一个巨大的平静似湖泊的港湾，岸基是陡峭的岩石，自然水深超过14米。岸边陆地平整广阔，有巨大的港口作业区。不远处山上有很大的松涛水库，足够几十万人的生产生活淡水所需。硬件条件绝对一流，一点也不输给香港。唯一欠缺的，就是"自由港"政策。硬件我们不能创造，软件总可以吧。随后经中央批准，成立了厅局级的"洋浦管理局"，颁布了最为自由的经济政策，一线放开，二线管住。货物可以自由进入洋浦，但不能再进入海南省其他地区（害怕走私）。为此还花了一亿多元人民币，把洋浦开发区30平方公里，用铁丝网围了起来。为了这些自由政策，1989年春还在全国政协闹出"洋浦卖国"风波呢！

硬件有了，港口设施建起来了。软件也有了，政府机构和政策都有了。人人期待着"小香港"很快就在洋浦建起来！1994年，已移居香港的我，再次回海南，专门驱车去看我曾付出心血的洋浦开发区。汽车行驶在笔直宽敞的通往洋浦的公路上，极目远望，一辆车也没有。想开多快就开多快，没有限速，没有警察，没有行人……洋浦的地界到了，开发区入口大门，只有几个老人在下棋，随便进出，无人问津。当年坚固的铁丝网，已被人剪开了许多大洞，几只老牛，慢悠悠地从洞这边，吃到洞那边……这就是我们要建设的"小香港"？如果决策者对陆老师的理论，有一些认知，早就该明白，洋浦只有组成一个地理结构的自身形态特点，但没有与其他地区的"关联"条件。它"坐落"在天然深水港湾，却不处在建设良港的"位置"上。

这些年走了很多地方，经常听到地方官员和企业家说，他们那里有这样那样的自然资源，因此便规划建这个加工厂那个加工厂。每个地方都找出一个或几个名人故居什么的，嚷嚷着要发展旅游业。把"坐落"当"位置"的经济决策，每天都在发生。

在香港工作生活了十几年,我亲身经历了香港"地理位置"的变化。中国改革开放之前,香港主要的关联方向是国外,是欧美的来料加工区。适应这一"位置"的自身形态,自然是勤奋的廉价劳工、优良的港口条件和简单较轻的税负。自身形态特点强化了它与西方的关联,强化后的关联又反过来促进自身形态进一步适应这种关联。改革开放之后,内地的自身形态特点发生了变化,香港自身的形态特点也随着成本上升发生着改变,最终导致香港与内地的关联关系发生变化,从而导致香港的地理位置发生了很大的变化。香港与内地的"地理结构"变成了"前厂后店",香港真正成为中国通向世界的门户,也成为世界通向中国的桥梁。香港地理位置的变化,极大地改变了南中国,甚至全中国的形态特点,当然,也极大地改变着香港的"形态特点"。

从金融或"资金流"的角度来讲,三十多年来,世界—香港—内地的关联关系是单向的,资金从全球流向中国。因此香港的金融基础设施包括法律配套,人才储备等,也是一个喇叭口向外的结构。目的只有一个,就是协助国际资金流入中国。近两三年来,中国自身的形态特点,又发生了巨大的变化,中国巨额的外汇储备,必须寻求海外投资,客观要求与香港的关联关系发生转变,香港的自身形态,不能只是一个单向的喇叭口结构,而应该是一个双向的喇叭口结构。必须同时适应国际资金流入中国,和中国资金走向世界。新的地理结构能否形成,取决于香港自身形态可否因应变化。如果香港不能适应这一变化,中国必然会寻求新的门户去完成和世界的关联。香港作为一个高度发达的国际金融中心,总有一些人只看到自身的形态特点,比如良好的法制环境,透明简单的税制,训练有素的专业人员,廉洁的政府,等等。不错,这些都是作为国际金融中心的必要条件,但不是充分条件。还必须加上另一个必要条件,这就是及时调整和适应与内地的关联关系。香港位于南中国的出海口,并不保证香港一定是中国通向世界的门户。可喜的是,香港已越来越重视与内地的关联,香港的地理位置也会越来越好。

还是陆老师说得好,人们之所以混淆"坐落"与"位置",是因为"坐落"

会影响到"位置"。"坐落"好,只是有成为好"位置"的可能,但并不必然成为好"位置"。是不是有点像"内因是变化的根本,外因是变化的条件"? 陆老师分析问题,充满着哲学思辨,入木三分,针针见血。因此,他才能够在地理、经济、政治、军事、音乐等诸多领域,纵横捭阖,游刃有余。

陆老师给我们的,不仅仅是知识,更重要的,是认识世界的方法。

宽广的学术胸怀　独立的学术人格

■ 周尚意[*]

　　与陆老师的师生之缘就是命运的安排！1982 年底，同窗们都在为"考研"厉兵秣马，而毫无远虑的我从未想过投考哪位先生。大学的第四学年，课程并不紧张，我终日翻闲书度日。当时教授我们经济地理学课程的邬翊光老师热诚地推荐我报考北大，并书一信将我介绍与陆老师，并说我的特点符合陆老师的要求。回想起来，邬翊光老师将我推荐给陆老师的"一念"，将我命中与陆老师的师生之缘变为了现实。今年几位陆老师的同门相约写一些文字，回忆我们共同的先生。我想写的事情太多太多，最后选择写下先生在我心中最鲜明的两个特点。

一、宽广的学术胸怀

　　先生是一个学术胸襟开阔之人，下面三例足以证明这点。

* 北京大学 85 级世界经济专业研究生，现任教于北京师范大学地理学与遥感科学学院。

1. 择徒兼通他学

倘若北大研究生院还保留着历届研究生的入学考题,我们可以看到陆老师所命"世界经济地理"考卷中的考题涉及许多学科。这不但体现陆老师是一位涉猎广泛的学者,而且说明他的择徒标准之一是不拘泥来自同一个学科。记得我当年应考的试题中,先生所命的题目中有两道大致是:"分析麦哲伦航海路线选择的自然地理因素","分析阿根廷的西班牙早期殖民地分布的地理原因"。以我从北大毕业后开始从教的多年经历,绝少有教师像先生这样,在选拔学生时,将历史与地理两个学科密切地切合。由当年的考试题目可以看出陆老师选拔的学生标准。

2000 年国家教育部进行基础教育课程改革,我参与了现教育部长袁贵仁教授主持的《历史与社会》课程标准制定课题组。《历史与社会》是现初中课程改革中的一个新课程,该课程原本设计的名称为《社会》,它与另一门课程《科学》相对应,构成初中语文、数学、外语三门主课之外的重要课程。《历史与社会》课程的知识与能力覆盖了课程改革之前的《历史》和《地理》两门课程。在制定《历史与社会》课程标准时,专家们有两种方案——"拼盘合并"和"有机合并"。一些学者认为"有机合并"几乎不可能,然而我更倾向选择这种方案,因为当年陆老师所命硕士生考卷的题目就体现了历史与地理的有机结合。

2. 授课广征博引

在读期间我旁听了陆老师给本科生上的"世界经济地理",同时还修了他给我和高波上的小课"地理空时系统"。虽然这两门课均不在我的"北京大学硕士研究生成绩表"中,但是却是使我得陆老师"真传"的课程。每次到陆老师家上小课,都是一种精神享受。陆老师的课程虽然是按照各个大洲逐一展开的,但是其中穿插的案例总是延伸到政治、军事、经济和历史等学科。我想这与陆老师的家学和燕京大学的教育有密切的关系。我记得陆老师讲解东南亚地区时,列举了抗战时期中国远征军入缅(时为英属地)抗日的可歌可泣的历史。20 世纪 80 年代国内出版的历史书籍少有对国民党军队抗战的正面介绍,地理书籍上也不将缅甸作为东南亚半岛重要介绍的国家。由于 20 世纪 60—80 年代越南战争和自卫反击战,我们这代人只对东南亚的越南了解较多。陆老师课上所介绍的缅甸使我们耳目一新。陆老师认为,如果我们了解了二战期间缅甸地理位置在东南亚的重要意义,就可以理解当时日本攻占缅甸的战略意图了。陆老师结合缅甸的山川地貌,再现了中英军队在缅甸的布防空间格局(主要布防城市)、日本人的战术以及中国军队撤退的路线。陆老师这种历史与地理相结合的教学方法,使我们在理解中国军队东吁保卫战、斯瓦阻击战、仁安羌解围战、东枝收复战等胜利时,就不仅仅是文字,更多的是一幅鲜活的作战地图。

3. 交流不避门户

我在北大读硕士期间,没有改掉以前"乱翻书"的毛病。我除了修学本系(现为经济学院)的《国民经济管理学》、《中国宏观经济专题研究》等课程外,还修了北大城市与环境系(原地理系)杨吾扬教授的《经济地理研究》、朱德威教授的《理论地理学》、《经济地理学数学方法》等课程,选修了历史系的《美国近代史》,甚至还选修了北师大的《世界近代史》。这些都是我成绩单中的课程。如果还加上其他的课程,如王恩涌先生的全校选修课《文化地理学》等,那么所选的课程就更"杂"了。作为导师,陆老师从来都不反对我选与国际经济专业没有直接关系的课程,而是给我和其他弟子很大的选课自由度。这对我们后来的研究都有很大帮助。

我知道陆老师离开地理系回到经济系工作,是因为当时地理系的人际氛围并不能让他舒心地做教学和研究。然而陆老师以一种博大的胸怀,让自己的弟子到地理系修了多门课程。陆老师从来不跟我们谈老师之间的矛盾,我当时曾去地理系一些老师家拜访,事后也告诉陆老师拜见了哪些老师。陆老师每次都是平静地听我谈我与其他老师交流的学术收获。在我成为大学地理教师后,从同行前辈处零星知道一些陆老师在地理系的境况,我惊讶地发现,其中有些我拜访过的地理系老师曾与陆老师有过不快,但是陆老师只字不曾提起。如今我慢慢地体会出,陆老师培养学生的原则是"学术交流不避门户"。在这样的原则之下,我和高波的硕士论文选题有很大的自由度。我当时做硕士论文是澳大利亚的农业空间结构,在那个科研经费并不丰裕的年代,陆老师竟批经费让我到南开大学的大洋洲资料中心和区域经济研究所求教那里的老师。如今能够留下的陆老师给我的亲笔,就是陆老师对我论文的评语:"本论文的优点之一是从实际资料出发,不生硬地套用现有农业分布的理论与模式……"。看着老师的亲笔,就像看到老师一样。

二、独立的学术人格

1. 治学独辟蹊径

陆老师无论是上课,还是写文章,其风格都是独树一帜的。陆老师的主要学术领域是"世界经济地理"。由于受前苏联地理学的影响,中国地理学界的世界地理分为"世界自然地理"和"世界经济地理"。陆老师给我们上课时,尽管改革开放已经有若干年,但是世界地理的学术界依然将世界自然地理与世界经济地理划分得十分清晰,我在北师大接受的本科教育也是如此。然而陆老师却将世界自然地理与世界经济地理有机地结合在一起。如今我们重读陆老师《世界经济地理结构》一书,从中可以看到这种结合渗透在每一章。地理学自近代以来不断分化,按照系统地理学的划分,地理学甚至有了四至五级划分体系。虽然自洪堡和李特尔谢世以来,地理学的统一与分裂一直是争论焦点,然而一元性的地理学一直受到非议。洪堡主张人们应在复杂性中去了解地理的统一性,他将人类作为自然统一体不可缺少的部分包括在内。李特尔认为统一性正是地理学的特点。区域学派的赫特纳以区域作为统一地理学的载体,其传承人哈特向指出地理学研究对象很少是纯"自然的"或纯"人文的",分为"两半"是有害的。有一些学者也支持统一地理学的观点,例如麦金德、阿克曼、康斯坦丁诺夫、阿努钦等。但是我在读这

些人的著作中,很难看到陆老师在课上给我们列举的精辟例子。基于这种
统一地理学的观点,陆老师提出了"自然障区"与"自然非障区"的概念,这是
一个典型的统一地理学概念。至今我没有看到有国内外的学者能够提出这
样经得住时间考验而具有生命力的统一地理学概念。至今我上课都要教授
我自己的学生运用"自然非障区"的概念,剖析任意一个国家的地理结构。
学生们也从这样的分析中,找到了分析区域地理单元的简便易行的分析方
法。"地理空时系统"是陆老师所提的另外一个统一地理学概念,中国地理
学界关于这个概念的哲学意义的讨论还没有展开,其实在国外新区域地理
学也已经注意到"时间"和"空间"的相互建构。2009 年 10 月,法国地理学
会副主席福赫图伊(J. Fortuit)教授在中国地理学会成立 100 周年庆典的学
术会议上做了一个精彩的演讲,他指出"理解地理世界的钥匙之一是历史"。
这也证明陆老师多年前所提的概念是有重要学术价值的。我这里借用苏轼
的诗句:旧书不厌百回读,熟读精思子自知。细细品老师的遗作,我们还能
读出其中更多的精妙。

正是这种独辟蹊径,不因循旧路的治学风格,使得陆老师在学术上留下
了为数不多,但是有独到见地的学术著述。

2. 研究不谋稻粱

我不清楚当我们在陆老师门下学习的时候陆老师是否承担什么"科研
课题",那个时代学术界对学术成就的评价体系中还没有这个指标。如果按
照如今中国大学对教师的评价指标,陆老师未必合格,因为陆老师肯定不会
承担什么大课题,尤其是"横向"课题。陆老师是一个"不为稻粱谋"的学者。
其实在国外,地理学在某种意义上是一门贵族的学科,2001 年,英国的威廉
王子入读苏格兰的圣安德鲁斯大学,先是主修艺术史,其后改攻地理学。这
不是因为地理学的地位有多么高,而是因为只有不准备以地理学学识作为
立业挣钱的人才选择这个学科。陆老师出生名门,优越的家境并没有使得
他成为一个追求奢华的人,而是使得他成为一个有学术情操的人。他研究
地理学不专门为了给企业或地方政府做规划,而是站在独立的学术视角上

客观地审视世界。例如陆老师与我们讨论大型钢铁企业的合理规模时指出，国内一些城市在建设大型钢铁企业时，总是以国外的大型钢铁企业为样板，追求同样的产量规模，其实钢铁企业的规模效益不是以产量规模来确定的，而是以生产要素投入的效率来决定的。这样的真知灼见与当时打着"改革开放，引进国外先进经验"的旗号，盲目追求向国外看齐的地方政府立场是相左的。后来的历史发展也证明了陆老师观点的正确性。如今中国的地理学人比较热衷做"横向"课题，一些学者也将自己被"御用"的经历作为炫耀自己的资本。这本无可厚非，因为中国传统知识分子是以"学而优则仕"为最高境界的。但是这样的学术追求往往难以约束那些为了迎合"官人"而昧心说话的学者。众人都知道知识分子的独立精神和独立地位之重要，但是像陆老师这样知行一致的独立学者并不多。

正是这种以学为乐，研究不谋稻粱的研究趣向，使得陆老师的学术成果成为一种学术之树上的硕果。

陆老师做人、做事、做学问的精要是需要我这个不才的弟子一生领悟和学习的。在今天的环境下，我更敬佩陆老师之精神。

陆老师和周尚意在一起

一个知识分子的肖像

■ 周　文*

在陆老师的追悼会上,响起的不是千篇一律的哀乐,而是一首西洋乐曲。那男高音肃穆、圣洁,直上云霄,似乎陆老师的灵魂正缓缓升上天国。多年后我才知道,那是柏辽兹的《安魂曲》。陆老师的一生饱受磨难,但他追求真理之心始终未改,那首乐曲正是他一生的写照。

陆老师只带过几个研究生,我是最后一个。从开始听他的课到1993年毕业留校,再到他很快去世,总共只有两三年的时间,期间从他嘴里零零星星听到过一点他的家世和经历。

陆老师会作曲,弹得一手好钢琴,对音乐有很高的鉴赏力,北京音乐台曾经对他作过专访。但我认识他的时候,他家里早已没有钢琴,手也没法弹了。他大半辈子饱受磨难,一直都没有条件欣赏高质量的音乐,直到1991年他从美国回来,带回他哥哥送的音响,才算有了"发烧"器材。可惜那个音响他也只享受了

*　北京大学经济学院90级研究生,现任教于香港大学商学院。

两三年的时间。他对我说过，在这么多年的恶劣环境下，支撑起他信念的，一个是学术研究，另一个就是音乐。音乐可能还对陆老师的学术研究有一点直接的贡献。有一次讲课时他就说到，苏联的民歌与北欧一些国家的民歌有相通之处，由此可以推断这些国家之间民族的流动。这是一个非常独特的视角，颇有陈寅恪之风，又把陆老师一生两大爱好结合起来。可惜他没有顺着这个思路进一步展开，人文地理学中似乎也还没有别人从音乐的角度去做研究。

陆老师一直不太热衷于出国访问。后来他之所以愿意去美国，一个主要原因就是在美国可以找到完整的统计数据来验证自己的理论。他访美回来后，从没对我说起美国物质生活如何丰富，倒是对有些人的文化素养颇不以为然。陆老师在美国时听人说到，一个教授如果不会使用计算机是一个耻辱，他为了给中国人争一口气，不给中国丢脸，就发愤从头开始学习使用计算机，当时他已经六十多岁了。1990 年在美国，他自己花钱购买了计算机；临回国前，为了获得美国一百多年来工农业空间分布的最新数据，又花了三百美元买了一张光盘。我估算了一下，单是这张光盘，就要花去陆老师半年的工资。

陆老师上的世界经济地理是一门大课，很受学生的好评，二百多人的教室常常座无虚席，还有很多外系的学生来听。他曾经很自豪地对我说，北大学生评选过最受欢迎的老师，理科是当时的北大校长丁石孙，文科就是他陆卓明了。陆老师嗓音沙哑，说话慢条斯理，带点儿京腔，上课时总是腋下夹着几卷地图，另一手拎着一个手提袋，但我想不起来袋子里会是什么，因为他从不带讲义，也不用教科书。他的讲课内容，绝大部分是教科书里找不到的，是他多年积累下来的世界经济地理的知识。这些知识生动有趣，闻所未闻，再根据他自己独特的理论而组织起来，给人以深刻印象。有许多外系学生请陆老师指导他们写生物学、物理学等方面的论文，因为陆老师的思路对各个专业的研究都很有启发。

陆老师多次跟我说，搞学术研究，既不能照搬苏联的，也不能照抄西方的,而要有自己的东西。1955—1957年北京师范大学开设经济地理学研究班,聘请苏联专家讲课,当时苏联的理论,是认为工业在空间上要分散,农业则要区域专业化。陆老师后来逐渐意识到这样的理论与事实不符。经过多年摸索,他发展出一整套关于生产力空间分布的理论。到美国后他了解到,自己所独创的理论与西方最前沿的理论相比毫不逊色,并且还有很大的先进性,这使他非常高兴,感到为中国争了一口气。根据这一理论,陆老师提出工业要集聚,农业要区域多样化,并由此提出应该以上海为改革开放的基地。这一提法比邓小平推动上海开发要早许多年,他也为此而得意。

陆老师对世界经济地理的研究以及他自己的兴趣所在,很自然地把他引向地缘政治和世界军事战略,而对军事的分析也是陆老师讲课吸引人的一个原因。与他的工业集聚思想相联系,陆老师强调强大的工业生产能力和通畅的运输通道,以及由此引申出的战略包围圈和反包围圈。他的理论曾经引起中国军方的注意,国防大学请他去讲学,还派教师来北大听课。陆老师认为,现代军事工业的运转需要就近配置,所以中国的三线建设把军工企业分散放在大西南的山沟里是重大错误,不仅基础设施费用昂贵,而且摊开的交通线极易受到攻击,哪怕一个工厂或一条交通线受损,也足以瘫痪整个军事工业。

陆老师毕生学术研究的结晶,就是那本薄薄的《世界经济地理结构》,书稿还没有完成他就去世了。尽管有北京大学经济学院领导的支持,有陈岱孙老先生写的序言,仍没有一个出版社愿意接受这样一部学术专著,最后还是巫宁耕老师想方设法联系到物价出版社,再由陆老师的学生张高波出资,才于1995年底将书出版。可惜的是,陆老师的弟子散落天涯,现在已无人继承他的衣钵,广陵散于今绝矣。现在重读此书,我再次体会到陆老师的创见,大到整个理论体系的架构,小到城市的选址乃至专业名词的翻译,处处闪烁着真知灼见,言前人所不能言。我自己现在做学术研究,深知要在学术上有所创见是多么不容易。要知道,那可是在恶劣的政治环境下,没有学术交流,没有实地考察,完全是陆老师自己在书斋中孤独地探索出来的。可惜的是,这样的科学理论没有为地理学界所接受,更谈不上为决策者所采纳。在计划经济之下,生产力布局的理论本应对实际工作产生重要的指导,但那时的决策,只讲教条,不讲科学。如果在三线建设、经济开放城市的选址等问题上采纳陆老师的建议,可以产生多大的经济效益啊。

我1989年进北大读研究生,当时陆老师还在美国,特别写信交代我和师兄刘良去地理系选修杨吾扬老师的《区位论》和朱德威老师的《地理数量方法》。区位论是解释事物空间分布的元理论。我后来才意识到,注重理论和数量方法是所有严肃科学研究的两个共性。地理学不仅要描述事物在空间上如何分布,更要找出空间分布的规律并加以解释。陆老师经过多年探索,总结出别人没有发现的规律,发展了一套系统的理论。那些琐碎、分散的地理事实,一经理论的组织,立刻脉络分明,满盘皆活。陆老师在数量方法上不算很强,但他意识到自己的理论必须接受数据的检验。他在美国收集到美国1880—1982年工农业空间分布的详尽数据,发现这些数据是支持自己的理论的,这使他非常高兴,回国后就着手开始撰写那部专著。后来我写硕士论文,也是利用这些数据,使用更为复杂的数量方法进一步证明,陆老师的理论是站得住脚的。

我在读研究生期间,陆老师只有我和刘良两个学生。我们每周有一个下午去他家上课,一直持续了一年半的时间。印象最深的是夏天,我们午睡后,骑着自行车从北大校园到他家,爬上三楼。那是中关村一幢旧楼,时至今日,师母和他们的女儿还住在那里,居住条件已经很差了。我和师兄坐在略显凌乱的书房里,听陆老师侃侃而谈。柜子上,陆志韦老先生的大相片严肃的望着我们。陆老师相貌清癯,长脸宽额,带着黑边眼镜,很像他的父亲,一副学者气派。他的眼睛一眨一眨,饱含智慧,又透着一丝顽皮。有一次我在他家,楼下院子是一个幼儿园,几株玉兰开满鲜花。陆老师拿着相机冲下楼去,问可不可以照相,回来后对我说:人家"不但不骂,而且欢迎!"说完,得意地哈哈大笑,像个老顽童。

陆老师是非分明,嫉恶如仇。他长期担任海淀区政协副主席,常常言别人所不敢言。有一次提到红色高棉大肆屠杀自己的人民，讲到激愤处，陆老师须发皆张。当时国内没有任何报道，我也不太明白是怎么回事，几年后在美国看到电影《杀人场》(*The Killing Field*)，才意识到被歪曲的共产主义是多么可怕。

陆老师从不对我说起个人的苦难。也许是受家庭的影响吧，他有一种基督徒平等博爱的思想和悲天悯人的气质。他说，在美国期间心情比较平静，因为感觉那是别人的国家，自己不必为种种丑陋的社会现象而担忧，回到中国就不同了。他在重病卧床期间，还对中国的一些问题忧形于色。

陆老师的家世有其特别之处，但他的个人经历，只是那个年代千千万万知识分子的一个缩影。他有独到的思想，独立的人格。他不畏强权，追求真理，这种中国传统士大夫的精神，不仅反映在他一生的为人和学问上，也使他在日本人面前大义凛然。这种精神，从屈原、岳飞、文天祥，到钱穆、陈寅恪、顾准，以及他的父亲和那个年代许许多多知识分子，一脉相承，不绝如缕，是我们这个民族的精神。

每当我想起陆老师，就似乎听到《安魂曲》的旋律，就看到一个受难者，一个孤独的探索者。每当我细读他的著作，就感受到一个中国知识分子的苦心孤诣，就感受到我们这个民族存亡继绝的勇气和精神。

陆老师：您多多保重！

■ 夏希普*

您是否还记得我？

夏希普，经济系77级学生，曾笃意要读您的研究生，并蒙您恩惠数次到府上当面细细求教？

1994年，您驾鹤西去时，我正在英伦修习，自难以为您送行。事实上，当时我甚至没有得到消息，未能在大洋彼岸心中遥送您一程。每每念起您，感慨不已。

最遗憾的是，我终未能报考您的研究生。

其实，当年我报考经济学是第三志愿，对经济学未必有多大的兴趣。我对经济学的兴趣是在学习过程中逐渐发生并浓厚起来的，尤其是您所开设的世界经济地理一下子使我投进这一探寻真理的宝库。如果我记得不错的话，当时我是经济系77级80个同学中唯一决定报考您的研究生的学生，78级还有一个田军同学。因我毕业当年未能安排您的研究生招生计划，所以我被

* 北京大学77级经济系。

分配到最高人民法院经济审判庭。我一直按照您的指导温习着相关的课程包括自然地理学、气象学等,并在数年间每年招生时都向机关组织部门申请报考,但机关组织部门一次次拒绝了我的报考申请,迫得我渐渐失望并无奈放弃,从而走上了"邪路"。虽然几近三十年过去了,我对当时万恶的组织同意报考手续制度和当时手握"生杀大权"的组织部门领导仍怀有某种怨恨,恐终生难得释怀。

三十年过去了,当年的很多人、很多事包括您讲课的许多内容都已随着时光渐渐淡忘,甚至世界经济地理一课是必修还是限制性选修都不敢确定了。唯想到您、想到您上课的情形、想到与您个别交往的幸遇,仍恍如昨日一般。

记得当年北大最"火"的课,非您开设的世界经济地理莫属。上您的世界经济地理课,学生们每次都要早早赶到教室门外等候上一个课下课,旋即大家蜂拥而入。全校不分文理各系学生都跑来听课,因为该课是为经济系开设的,所以安排了前面的座位给经济系的学生,但经济系学生的"特权"时时得不到保证,偌大一个阶梯教室总是挤得满满的,时常有找不到座位的学生就在过道台阶上席地而坐。与后来的情势不同,当时抢听您课的学生并非追星般的慕名,也并非与自身的事业发展功利性地联系在一起,而只是经口口相传,对您讲课的内容和风格怀有纯粹的兴趣而已。曾见到吴志攀教授和王曙光教授回忆您的文章,并在同我留校任教的同学谈及您时,知道在我们毕业后及至您行前的那些年,您的课一直保持着极高的上座率,那真是北大的一道独特风景。

每次上课,人山人海包围着讲台上瘦弱且略显佝偻的您,满教室的嘈杂在您清清嗓子时戛然而止。您倚着三尺讲台娓娓道来,像一个稔熟的导游,带领着数百学生徜徉于您心中的知识宝库,一会儿将我们领到世界各地,一会儿将我们带入历史长河,间或又带我们回到教室点评政策。每当联系比照到当代中国时,您的音调和音量都会不禁提高,其中充盈着期望祖国发展壮大的赤子之情。我们痴迷地追随着您的讲述和评论,感叹您的博学和您独到而精辟的观点。听您讲课,真正是一种美妙的享受。我,相信还有很多同学对您怀着崇拜的心情。

大概在本科第四年初,我想定报考您的研究生,遂冒昧向您表露了心迹,您毫无保留地表示了接纳。缘于此,我数次到您府上求教。我记得,您偏居北大地界一隅,登门后让我瞠目结舌,不大的空间四壁几被书架占满,而书架上又几都是唱片等音乐资料,方知您还是个大音乐欣赏家!陆老师,但愿音乐在天国始终与您相伴!

记得第一次登门拜访时,谈到过我对世界经济地理这门学问的兴趣问题,您有一番话,意思是说真正做学问的动机无非有二,一是兴趣,二是使命感,做成大学问必须兼而有之。我所领悟到的使命感就是做好世界经济地理这门学问,或教学或研究使这门学问有助于社会经济资源的合理的、有效的利用。

与您个别交往一段时间后,我更抱定了入您门下的决心。回想起来,这一则是我对世界经济地理学科愈来愈浓厚的兴趣,二则是我心中开始设定毕业留校长久跟随您做好大学问的目标,还有就是对您个人的景仰。我是后来才知道您是中国教育界名门之后的。如果早知道或许我还要颇犹疑一番,但后来知道了更增加了我对您的景仰之心。我崇拜您,但感觉到的是平视的亲切而不是仰望的距离,非但我,许多同学也有同感。与您面对,自傲者轻狂之心骤敛,自卑者惶恐之意顿释,与您相谈充盈着专业学术的认真和漫谈人生的轻松。您是真正的通才,识天文知地理是您的本分,而您对历史、社会、文学艺术甚至体育等方面的知识之广泛也让人佩服的五体投地。

还记得您抽烟,轻烟缭绕中您侃侃而谈。首次登门拜见那次,您还给我让烟,如此平易之事却让我感怀至今。悔当年少不更事,都没奉上条烟孝敬您老人家。

自我走上"邪路"之后,就未再与您谋面,只是偶尔与当年同学聊起您。令尊大人曾任燕京大学校长,您自小在燕园长大,在我们就读北大时,您却长期住在那般陋室。以您的家世,"文革"中当少不了磨难。而您始终守在故土,守着清贫生活的同时守着北大,守着一届届的学生,守着世界经济地理这门学问。

听我留校任教的同学说,自您之后,再无世界经济地理一课。这真是一个残酷的现实!借时光隧道回到三十年前,我憧憬着读了您的研究生,憧憬着毕业留校任教,如修行般常伴随您左右,用您的学识扩展我的知识,用您的修为提高我的能力,以您为楷模完善我的人格。渐渐地,我也能为您承担一部分课程,并协助您研究出更多的学术成果。在您西行之后,我继承了您的衣钵,把您开设的《世界经济地理》一课继续讲下去,把您未能完成的专著最终完成。

再回到现实真让人唏嘘不已,不知您何时才能转回现世再为学生们开授您的世界经济地理一课!

陆老师,您在天国多多保重,他日学生我还要去寻您,去读您的研究生,去给您当助教,去实现我今生今世未能实现的愿望!

怀念陆卓明老师

■ 田　军*

引　言

2009 年 11 月 28 日,北京大学,上百人聚会庆祝世界经济专业暨国际经济系成立 50 周年。系主任王跃生介绍了系庆募捐情况和资金使用计划,四项动议中排在榜首的是为已故教授陆卓明重版《世界经济地理结构》一书。与会者用经久不息的掌声表示赞同,随后校友们开始在网上热烈追忆陆老师。悄然间,参加追忆活动的人越来越多,远远超出国际经济系和经济学院的范畴。

北大人不会轻易激动,却如此执著地关心一本书的命运。首先是由于这本书非常特别。陆老师是世界经济地理领域一个罕见的天才,他倾注了毕生心血研究探索,为我们留下了唯一一本集大成之作。所有听过陆老师课的学生都熟悉该书的内容,也明白它的价值:近百张地图用不同大小的圆圈、三角和其他几何形状标注

---

* 北京大学 78 级世界经济专业。

着世界各国的资源分布、经济布局和发展程度,也包括政治、军事、人口、文化、语言、宗教等要素。每一张图都由陆老师亲手绘制,每一个符号都凝聚着大量的统计计算和专业探索,像这样的图你在其他地方是找不到的。

更多地缠绕在大家心头的结是对该书作者命运的感慨。陆老师出生于一个声名显赫的知识分子家庭,当他第一次睁开眼睛时,世界呈现出玫瑰花一般的绚丽色彩;然而当他走向成年时,玫瑰花凋落了,成为沉重的历史包袱。陆老师的生命属于学术研究,他希望能够超凡脱俗,自由自在地徜徉学海,却遭遇了时代错位,"政治决定一切",当然也决定着学者的作为和尊严。① 陆老师强调实证分析、注重用数字说话,而不愿意简单地套用辩证唯物主义"八股",在那个年代只好少写文字,更多地借助于他心爱的地图。

陆老师那一代知识分子的遭遇是我们国家和民族深深的痛。当历史翻开新的一页时,每个有良知的人都有着发自内心的感慨。或许我们不曾做错过什么,更没有自私地落井下石、助纣为虐,但我们需要对当年爱莫能助的心理甚至见怪不怪的漠然忏悔。

一

世经 78 级学生曾经送给陆老师一个雅号:"陆帅",大家从心底佩服他在军事战略方面的才能。1979—1980 学年,他为我们讲授"外国经济地理"课程,恰巧遇上"中越自卫反击战"。在讲东南亚经济地理时,他花费整整一节课的时间点评中国军队对越作战策略以及许世友、杨得志将军在指挥上存在的问题。我记得他的中心意思是解放军入越作战部队过分在意打击越南军队的有生力量,却忽略了有效地摧毁越南北部交通枢纽和经济中心。陆先生拿出一份自制的地图,上面标着解放军入越作战部队应该重点攻击

---

① 我的同班同学马国南 1982 年留校后发现了一件尴尬事情,每次经济系例会后党员留下来学习,退场的似乎只有陆老师和他两个人。好在他当时年轻,可以"要求进步",而陆老师却背着沉重的历史包袱,只能默默地承受。

的目标。有时我会这样想，陆老师在军事战略方面的才能仅仅展现在北大课堂上是一种浪费。如果不是在那个"怀疑一切、政治第一"的年代，或许他真的可以成为"陆帅"，给解放军总参谋部制定作战战略的军人们讲讲课。

不久，外国经济地理课讲到了南亚。陆老师详尽地阐述了孟加拉国独立的过程。1947 年 8 月英国殖民主义者从印度撤离时，将政权分别移交给印度斯坦国大党和巴基斯坦穆斯林联盟，印巴分治由此产生。从地理上看，巴基斯坦被印度隔开，分成东西两个部分。而此过程中受害最深的是孟加拉，它被一分为二，西部成为印度西孟加拉邦，东部归巴基斯坦。1971 年，巴基斯坦叶海亚·汗军人政权拒绝承认东巴人民联盟在选举中获胜，东巴人民联盟开始酝酿独立，巴基斯坦政府随即派军队镇压。此时印度决定派出军队支持东巴独立。由于中间隔着印度，巴基斯坦军队无法通过陆路增援，海上运送的军队在登岸时受阻。结果，东巴境内的巴军孤立无援，被印军包围后投降。陆老师讲到，巴基斯坦通过海上运送军队的做法"远水不解近渴"，当时有人劝说巴军从陆上出兵攻击印度，逼其从东巴退军，达到釜底抽薪的目的。甚至愿意出面游说中国政府予以配合，在中印边境搞大规模的军事演习，敲山震虎。可惜这些建议未被叶海亚·汗采纳，最终贻误战机，导致巴基斯坦在独立 24 年后，失去了自己的东翼。陆老师的故事并非空穴来风，当时中巴两国关系十分特殊，以毛泽东的胆略完全有可能同意在边境搞军事演习以示支持。记得孟加拉宣布独立时，世界上绝大多数国家表示赞同，而中国作为联合国五大常任理事国之一竟然在联大表决时行使了否决权，这是第一次，也是迄今为止唯一一次。

陆先生还为我们讲述过中印边境战争、美国独立战争和南北战争，以及当年不可一世的拿破仑和希特勒为什么都最终败在了俄罗斯——这个横跨欧亚大陆的世界第一版图大国。他的军事战略才能确实非同小可，其独特的视角让我们心悦诚服，"陆帅"的雅号不胫而走，很快传到其他班级。国政系、历史系的学生纷纷到我们班听课，79 世经小同学们迫不及待地到系里问二年级的课程安排，翘首期待在"陆帅"带领下驰骋千里沙场。写到这儿，我想起了唐朝大诗人杜牧,他同样有着非凡的军事才略,却终生未能得以施展,悻悻然留下如此绝句:"折戟沉沙铁未消,自将磨洗认前朝,东风不与周郎便,铜雀春深锁二乔"。

进入 20 世纪 80 年代以后,陆老师在北大校园的名气逐渐大了起来,他的课也愈发叫座,最后被学校安排到能容纳两百人的老二教 103 阶梯教室。想听他的课,需要提前去占座位。回想我们 78 世经二十几名学生吃过他的"小灶",颇有点得到了真传的感觉。

北京大学名师如云,为什么陆老师的课会受到如此热烈的追捧?说到底,还是他的课讲得好。20 世纪 70 年代末期,多数教师还未能摆脱"文化大革命"政治八股的影响。而陆老师的课像河流一样清澈透明,让人觉得敞亮、清新、无比舒服。我们隐约地感觉到他身上的气息更多地表现出北京大学独立自由、不受约束的传统校风。陆老师的课具有另外一个特征即信息量非常大,不同国家、地区的政治、经济、军事、文化和宗教等通过地理被串联起来。有形象的描述,感觉逼真、楚楚动人;有系统的分析,深入浅出、丝丝入扣;有深刻的哲理,令人振聋发聩、茅塞顿开。时间过去已近三十年,他课堂上讲的故事依然深深地印在我的脑子里,鲜活生动,充满诱惑。

二

陆卓明老师 1924 年出生于一个颇具影响的知识分子家庭。父亲陆志韦先生 1927 年应司徒雷登之邀赴燕京大学任教,后长期担任燕京大学校长,为燕京大学的发展做出了卓越的贡献。陆志韦先生在心理学、语言学和诗词方面造诣很高,在世界上享有盛名。陆志韦先生也是一位爱国知识分子。1941 年 12 月,日寇占领燕京大学,逮捕了大批爱国知识分子,他被捕入狱,在狱中饱受折磨仍旧坚韧不屈,日寇逼着他写悔过书,他只写了四个字:"无过可悔",保持了民族气节,显示了中国读书人的风骨。

如果说陆志韦前半生事业成功受益于司徒雷登"慧眼识英才"之提携,

那么他的后半生却一直受到这位"老朋友"的拖累。司徒雷登 1876 年出生在杭州一个美国传教士家庭。1919 年,他经过多方努力,在北京几所教会学校基础上创办燕京大学并担任校长,后因国民政府要求改任教务长,1946 年出任美国驻华大使,1949 年 8 月在国民党战败前悄然离开中国。同年 8 月 8 日新华社播发毛泽东《别了,司徒雷登》一文,此后很长时间里,"司徒雷登"在中国成为美国侵略政策彻底失败的象征。1951 年新成立的中央人民政府教育部接收燕京大学,任命陆志韦先生继续担任校长。但是,"左"的思潮很快盛行起来,1952 年 3 月,燕京大学举行了"控诉美帝文化侵略大会",他被作为"美帝走狗"批判。是年夏,高等学校院系调整,燕京大学被撤销,大部分院系被并入北京大学,他被调到中国社会科学院语言研究所工作。在那个高度政治化的年代,陆志韦全家包括陆卓明多次受到政治运动的冲击,成为地地道道的"老运动员","文化大革命"中陆志韦被下放到河南信阳"五七"干校劳动。1969 年 4 月,夫人刘文端抑郁中病死在北京,陆志韦受到极大刺激,身体状况严重恶化,生活不能自理,1970 年被送回北京,同年 11 月去世。

　　陆卓明在燕京大学的校园内长大,1946 年考入燕京大学经济系,1948 年毕业后留校任教,1952 年并入北京大学经济系,1954 转到地理系,1978 年大学恢复高考后调回经济系世界经济专业,直到 1994 年逝世。他从陆志韦等前辈身上学习继承了科学严谨的治学作风和高风亮节做人精神,为他一生的学术事业发展打下良好基础。然而,不幸的是,他几乎在踏入社会一开始就生活在政治运动的漩涡之中。

　　记得 1979 年 12 月的一个下午,我们在俄文楼一楼南侧朝西的一间教室上《外国经济地理》课。当同学们鱼贯而入走进教室时,发现讲台前静静地坐着的陆老师,他两眼发直,一句话也不讲。大家悄悄地坐下,生怕打搅了老师。上课铃响过五六分钟后,陆老师长叹一声,哽咽地说:"今天我心情激动,感慨万千,无法集中精力讲课,说说家庭的经历吧!"原来那一天陆志韦先生在蒙冤去世 9 年多之后,终于得到平反,中国社会科学院为其举行了有一千多人参加的追悼会,院长胡乔木主持,邓小平、方毅送了花圈。陆志韦这位国际知名的心理学家、语言学家和教育家在蒙受了多年不白之冤后得以平反,骨灰被安放在八宝山公墓骨灰堂。

或许由于他特殊的经历,陆卓明老师比普通人显得沧桑些,一副典型的饱受苦难的知识分子形象。戴着浅浅的塑料框的眼镜,头发稀疏而混乱,秋冬一身灰蓝色制服,夏季穿一件洗得发白的衬衣,中等身材,由于瘦弱和驼背显得矮小。走路较慢,步履沉重而蹒跚。

陆老师不修边幅,或许没有时间,或许生活拮据,或许只有这样低调才能逃脱嫉妒和不必要的麻烦。

陆卓明心灵受到过极大的创伤,脸上常带着惊慌和迷惘的困惑,习惯于逆来顺受,却非常坚韧而有耐力。他十分敏感,又高度内向,像长空里的一只孤雁。他宁愿将时间用在心爱的地图上,用在教学和关爱学生上面。不了解陆先生的人觉得他有些冷漠、淡然,其实他内心火热,特别愿意与人沟通。他经常到学生食堂就餐,喜欢在课间与学生聊天,高兴时会讲到他儿时的故事。记得有一次我谈到小时候经常玩"弹玻璃球"游戏,下一次上课时他竟然找来两个玻璃球,师生举行了一场课间比赛,年过半百的他蹲下来握着小玻璃球的姿势显得有点笨拙,但我看得出那是他最开心的时刻。

1989 年陆老师在美国亲戚家搭积木

　　陆先生从小酷爱音乐，受过良好培训，专业修养极高。他酷爱肖邦和勃拉姆斯的作品，一生都保持着一边听音乐一边读书的习惯。在内心困苦的日子里，音乐是他最好的解药。

　　陆老师做事十分认真，1981 年我和同学张健准备写一篇关于北大朗润园的小文，找他求证一个细节。他像平时做学问一样对待我们提出的问题，翻箱倒柜查找资料，最终仍不满意，于是推荐我们去找写过《燕园史话》的北大地理系主任侯仁之教授查证。像陆老师一样，侯先生热情地接待了我们这两位不速之客，认真地为我们翻找资料。

三

　　由于崇拜陆老师，我开始钟情世界经济地理。四年大学，我唯一花钱订阅的报刊是《地理》杂志。一门每周 4 课时的"考查课"竟成为我四年间投入精力最多的一门学科。1980 年我在陆老师的指导下写出《马六甲海峡、苏伊士运河与巴拿马运河对比研究》，这是我人生的第一篇学术论文。此次为写回忆陆老师的文章，我查找了个人大学期间留下来的资料，竟然找到了这篇用 16 开方格稿纸抄写的文章，共 22 页，约 8 000 字。陆老师给我的考评成绩是 5 +。记得他说过北大学生从他那里得到 5 + 分数的人很少。这一鼓励可不得了，我对世界经济地理学科更加热爱，更加投入。

　　1982 年，78 级学生开始写毕业论文，我毫不犹豫地选择了陆先生作为我的指导教师。这次却吃了大苦头。陆老师亲自为我选定了论文题目《战后亚洲粮食统计资料对比分析》，要求我详尽收集亚洲各国粮食品种、人口、土地、水利资源和气候等多方面的资料。仅粮食品种就包括稻米、小麦、旱粮和薯类四大类，而旱粮又包括玉米、高粱、谷子、大麦、燕麦、黑麦、荞麦和各种豆类。亚洲有 40 多个国家，横跨 30 多年时间，需要搜集的资料之多可想而知。那个年代学生用不起电脑，也负不起复印费用，只能靠手抄卡片。我连续 2 个月泡在北大图书馆里，从各种农业年鉴上摘抄的统计资料达几百页。陆老师还是觉得不够齐全，便要求我到北京图书馆补充。随后的一个多月，我几乎天天乘 332 路再转 103 路公交车进城。大四第二学期通常是学生最轻松开心的时候，课程基本结束，那个年代也不必担心毕业分配问题，而我的情况恰恰相反，每一天都在繁忙甚至痛苦中度过。

1988 年，我远赴英伦求学，在伦敦大学经济与政治学院①和亚非学院学习和研究六年。写博士论文时，与那些年轻的同学相比，我似乎更懂得课题研究从何处入手，怎样收集资料、整理分类、归纳分析、编写索引等。我不禁想起了师从陆老师的经历，特别是大四那半年多的艰苦训练。

在英国校园中，我发现许多学者的研究风格都有陆老师的影子，他们强调占有第一手资料，注重数量分析、实证研究和比较研究。记得在伦敦经济学院写第一篇论文时，我最初计划的题目是《中国的价格结构与改革》，而导师②则建议我尝试做一个别人没有研究过的小题目——《中国的定量配给制度中的寻租问题》。我们或许都知道费孝通先生和他的"三访江村"。这位曾经担任过中国人大常委会副委员长的学者 20 世纪 30 年代初是燕京大学的学生，1936 年在伦敦经济学院社会人类学系读博士学位，那篇大名鼎鼎被称誉为"人类学实地调查和理论工作发展中的里程碑"的《江村经济》是他的博士论文。

北京大学是中国乃至世界最优秀的大学之一，然其在中国的特殊地位使很多老师与学生更加注重"建立高起点，树立高眼界"，高屋建瓴地、全面系统地研究和认识世界以及所面对的事务。而英国大学则更加强调教育学生关注细节，科学准确地把握事务特征和可操作性。当然，两个方面并非绝对地冲突，而是互相补充、缺一不可的关系。陆老师的研究和教学风格，在受到严重"左"倾影响下的北京大学曾被认为有些另类，特立独行。其实他所强调的实证研究和定量分析是成为一个优秀学者所必须经历的一种基本训练，更是一种科学的做学问态度。经济学研究中最困难的往往不是提出

———————————

①　The London School of Economics and Political Sciences，通常被称为伦敦经济学院。

②　Nicholas Stern 教授，时任伦敦经济学院国际经济研究中心主任，后任欧洲开发银行首席经济学家、世界银行首席经济学家和英国布莱尔首相经济顾问。

新观点,而是证明自己的观点。这就是陆老师和他这本书带给我们最有价值的东西。

尾　声

《世界经济地理结构》是陆卓明老师毕生学术成果、科学探索的结晶和集大成之作,非常值得一读。根据一些老师的回忆,陆老师于1991年着手撰写这本论著,在生命的最后三年中他在完成沉重的教学任务之余,夜以继日、废寝忘食地写作,完成了著作的前三部分,并初步完成著作的第四部分。1994年他累倒在讲台上,带着遗憾离开了他所钟爱的学生和世界经济地理课程。因为如此,他的研究生周文花费大量时间整理文字并最终完稿,1995年中国物价出版社出版了陆老师的书,但只印了1 000册。北大经济系79级学生侯嘉曾经是那个出版社的负责人,相信他做了有益的工作。关心陆老师,是每个北大学人发自内心的愿望。此次大家集资为陆老师重版他的大作,或者说按照形式与内容统一的要求重新出版,使这本天才之作得到其应有的地位,使更多的人有机会了解陆老师看待世界经济地理的独特视角。

近来北大校友在网上热烈追忆陆老师,其中有两篇文章影响最大。前者题为《斯人已逝,终成绝响》,由1978年入学的法律系学生、现任北京大学副校长吴志攀撰写;后一篇叫做《遥远的绝响》,由1990年入学、现任北大经济学院副教授王曙光写成。大家都听过陆老师的课,都是他的崇拜者。两人的文章都提到一个事实,陆老师1994年走后15年间,经济学院备受学生追捧的《世界经济地理》课再也没有人开设。陆老师留给我们一片空白,一份遗憾,同时更留下一份宝贵的学术遗产和无限的想象与发展空间。

今天,北大校园中依然不乏背着书包和饭盆三点一线地行走在宿舍、教室和图书馆之间的人。我真诚地希望所有匆匆赶路的人能够停下来,仔细看看曾经在这条路上不知疲倦地奔波过几十年的那位北大前辈留下的足迹,认真想想他身上所传承的那种北大读书人的精神气质。

教师的楷模

——忆陆卓明老师

■ 王一江[*]

　　我上大学前,自认为地理已经不错(当然是无知造成的错觉),加之高考地理几乎是满分(玩小聪明的结果,具体说就是论述题都猜对了),大学期间并不重视地理,还经常逃课。以陆老师的风格,本不在意这些,更所幸他的课很受欢迎,不像有的课,稀稀拉拉几个人,所以我也没有内疚感。转眼到了期末,陆老师宣布考试是 take home——自己课后完成一篇自选题目的地理习作。我暗自窃喜,以为容易对付。

　　我那时的室友是个瑞士人,我便请他给我找了点瑞士阿尔卑斯山的地理信息,胡扯了一通瑞士政府如何在此山区不同海拔因地制宜地发展农业和畜牧业。虽然阿尔卑斯山的农业和畜牧业在世界上毫无名气,应该说这里也不是发展农业、畜牧业的

＊ 北京大学 78 级世界经济专业。

好地方,但我写的时候毫无察觉,潜意识里是"人定胜天",没有什么不可能。越不可能的事,做了就越是伟大和了不起(还记得大寨和红旗渠吧?)。

交完作业后,也没在意,却在再一次逃课后听杨亚非同学告诉我,陆老师今天课上问你,课后找你。陆老师要杨传话,凭这篇文章,你这门课会fail,不及格!啊?!我会有一门课不及格?这对于充满优越感的北大人来说,毫无疑问是个严重事件和严重打击。

我心想完了,匆匆找到陆老师,内心充满惶恐。见到陆老师,看他倒是没有半点愠色,稍稍问了我一下为什么选择写这个题目,便告诉我,瑞士阿尔卑斯山区虽然有农业和畜牧业,但在这样的地方大谈政府发展农业畜牧业,牵强。陆老师的话,我没法争辩,因为他说的是一个太基本的事实。就在我绝望之时,陆老师口气一转说,这篇不算,你回去再写一篇吧。

到了这个时候,这已经是我能够得到的最大优待了!我感激不尽,谢过陆老师,赶快回去重新写文章。这次陆老师让我过了,好像还是个不错的成绩。

直至今日,这仍然是定格在我记忆中的陆老师:严格,但不严厉;他不会迁就我们学习上的马虎和漏洞,但只要我们愿意努力,他愿意给机会。我现在也算是快教了一辈子书了,这就是我最信奉的师生教学关系。

后来同学们说起陆老师戒烟了(没有记错吧?),体重增加了,面色红润了,我和大家一样由衷高兴。万万没有想到,他却在我们认为终于等到了好日子的时候,又那么快离开了我们。

我所亲历的陆卓明老师的几个侧面

■ 王跃生*

今年是北大世界经济专业成立五十周年。在建系五十周年的庆祝大会上，见到了许多当年的老师、同学、校友，回忆起世界经济专业的历史，也回忆起世界经济专业令人崇敬的陆卓明教授。一些热心的校友打算为陆老师出一本纪念文集。作为改革开放以后同陆老师接触最多的学生之一，二三十年前受教于陆老师，以及后来与陆老师共事的那些零零碎碎的片段，又断断续续地浮现出来。

两度受业　如在"辟雍"

我是 1979 年进入北大经济系世界经济专业读书的，是"文革"后该专业恢复招生的第二届学生。当时，陆卓明老师是我们专业的副教授，给我们开设"世界经济地理"这门课。记得世界

---

* 北京大学经济系 79 级世界经济专业，现任国际经济系主任。

经济地理这门课作为基础课开得非常早,好像大学一年级就开课。初入燕园,无知小子,懵懵懂懂,对大学、对昔日太学北大,充满神往。燕园建筑风景,果非浪得虚名,雕梁画栋,飞檐翘角,方圆有序,四水环绕。《礼记》上说,"大学在郊,天子曰辟雍"。如今天子没了,但北大燕园就是我眼中的"辟雍"。对北大教授,更是充满遐想。陈岱孙老师的传奇经历,其祖上前朝帝师的传说,让我等刚走出北京胡同的平民子弟,不能不敬畏有加。陆卓明教授,听说是前燕大校长的公子,也令我们心驰神往。

记忆中陆老师是在西校门旁化学南楼的阶梯教室给我们上课。那时的教室没有课桌,只有一把带扶手的椅子,硕大的黑色讲台,一端还有水管和水池(估计是为方便化学实验使用),这一切都让刚从中学小课桌旁规规矩矩学习中走出来的我们,觉得新鲜神奇。我第一次上陆老师的课,见到一个个子不高的中年人,进得门来,一身当时常见的半旧蓝色的卡制服,花白头发,不修边幅,一个大书包,装满了讲义和地图,站在讲台上后,神闲气定,一派从容。这就是传说中的陆卓明教授了。

陆老师讲课的内容,大多已经忘记,只记得星星点点。但陆老师讲课的神采,却不因年代久远而模糊。陆老师讲课跟当时大多数老师讲课不同,形式上不那么严谨、古板,显得随意、轻松,不时说点掌故,开个玩笑。记得陆老师上课不久就跟我们讲,当年胡适之在北大讲课,期末的考卷是不批的,而是站在讲台一端,将学生的考卷向另一端一扔,飘的最远的,就是第一名,落在最后的就不及格。这更让刚走出中学校门的我等小子觉得奇妙得不行。我心想,难怪北大的讲台要弄得那么长!这个陆教授不会期末也是扔考卷定成绩吧?哈哈,哈哈。陆老师烟瘾不小,人很随和,一到课间就要拿出烟来抽,边抽烟边与同学聊天。有抽烟的同学向他敬烟,他也会欣然接受。

陆老师讲课的内容也让我们大开眼界,什么五极世界(美、苏、中、日、欧)、什么全球战略,什么地球化学枢纽(苏联的乌拉尔地区)、什么玉米带、小麦带,都是我们闻所未闻的,再加上他那挂满黑板的各色地图,更觉他学识渊博、莫测高深。陆老师是燕大毕业生，自然英语极好。他还会俄语，不知是否是解放后速成的。有一次上课讲到苏联，陆老师说了句俄语，我当时是班上极少两个学习俄语的学生之一，觉得十分亲切。可惜句子听得半懂不懂，什么"心灵不是石头"？陆老师慢慢地用中文重复："心非石也"，让我顿时佩服得五体投地，不仅懂了俄语，而且知道了地道的中文。以我的感觉，上陆老师的课主要不是学习知识，更不是死记硬背什么条条，而是开阔视野、学会思考。陆老师引我们进入了一个奇妙的未知世界，至于最后修行如何就看自己的悟性了。

大学毕业以后，我考取了北大世界经济专业的研究生，研究方向是苏联经济。按照教学计划，我和同方向的另一位研究生韩实一起又跟着陆老师学了一学期的《世界经济地理》课程，主要讲苏联经济地理。这次同以往不同，我们享受的是小灶，只有我和韩实两个学生，而且是到陆老师家里去上课。记得那个学期，我们两人每周有一个下午骑车到陆老师位于中关村科学院宿舍区的家中去上课。那是一段轻松愉快的经历。印象中陆老师住的是三楼，一间不大而且不朝阳的房间是陆老师的卧室兼工作室。房中家具极少，一张老式的床，中间是一张硕大的未油漆过的圆桌，四壁放满书架，书放得很满。除了书，更引人注目的是极多的磁带盒。陆老师一般很晚才睡觉，要临近中午才起床，所以我们一直是下午去上课。由于只有两个学生，陆老师上课更加随意，一般是先聊天，再听一阵音乐，然后才讲课、讨论。我们知道陆老师的音乐修养极高，也乐得地理和音乐兼得。有时候陆老师似乎想直接讲课，我们就提出要先讲讲音乐。在陆老师家里还见过师母，一位非常和蔼、修养极好的老人。间或有一两次，师母走进房间，说一两句话，偶尔也开玩笑似的抱怨一下陆老师，从中知道，陆老师大概不大会做家务，或者会也不大做。但有一件家务陆老师做得极其尽职，那就是烧开水，总是非常及时地把全家用的开水烧好，茶泡得一丝不苟。

在陆老师家的那个学期，让我终身受益，也终生难忘。两度受业，无论在燕园巍峨的大屋顶下，还是在先生的陋室里，都觉得如煌煌殿堂，如临辟雍，如蒙大师点化，这也算得天独厚了吧。

音律启蒙，收之桑榆

说起陆老师上课，自然少不了说音乐。坦率地说，陆老师教我的经济地理知识，大多都已淡忘，但陆老师对我的音乐熏陶，却深刻地留在身上。我身上的这点极为有限的古典音乐修养，有一大部分是来自陆老师的。这大概也可以算失之东隅，收之桑榆吧。

本科上课的时候没有在课堂上听过音乐（20 世纪 70 年代末陆老师大概还没有比较好的录音机，即使有可能也不方便大老远拿到教室来），但是经常能听到陆老师谈古典音乐。谈莫扎特，谈柴可夫斯基，谈音乐的美，谈音乐中的思想和感情乃至民族大义。对我等，这应该算是古典音乐的开蒙。到后来我们两个人到陆老师家里上课时，音乐的元素就更多了。

前面说到，陆老师的卧室兼工作室里有大量的录音磁带，放满了几个大书架。陆老师对此颇为得意，时常同我们讲他有多少多少盘带子，所录制的版本如何稀有，在国内难于找到。每次讲世界经济地理之前，陆老师都要给我们普及一下古典音乐：哪个乐曲、哪个乐团演奏得最好，哪个指挥指挥得最好，哪个团与哪个团的处理如何不同，哪个曲子应该怎么听，音乐之美何在，乐曲中的思想和对人性的追寻何在，如此等等。由于我是学苏联经济的，当初曾经想过要成为一名俄国通，对苏俄的文化、艺术等自然别有一番情怀。于是陆老师特意给我们讲俄罗斯的古典音乐，讲格林卡、柴可夫斯基，讲肖斯塔科维奇、穆索尔斯基，讲五人强力集团等。还有一首陆老师讲的曲子我印象特别深刻，那就是法国作曲家拉威尔的《波莱罗舞曲》。这个曲子始终只有一个旋律，不断重复，但每次重复都有不同的节奏、力度，由弱到强。陆老师告诉我们这个乐句在整个曲子中重复了几十遍，如何听出其中节奏、力度、表现力的不同，让我一个音乐门外汉居然听出了些这首高深乐曲中的门道和奥妙时,以后还多次给朋友讲过。每次我讲到这首曲子的奥妙,听者便对我的音乐修养肃然起敬。但我清楚地知道,我这"自学成才"的人实在说不上有什么音乐修养,完全是沾了陆老师的光。跟我一起听课的韩实同学,其父乃是中央音乐学院的知名教授,小提琴教育家。虽然他未子承父业,但总有着对音乐的家学和遗传。而我一个完全没有任何家庭熏陶,基础教育阶段只学过几首语录歌和样板戏的无知顽童,后来能有一点音乐修养,不能不说是大大得益于陆老师的。

说起陆老师在音乐上对我的影响,还有一件非常有趣的事。念大学的时候,陆老师在课上跟我们谈起西贝柳斯和他的《芬兰颂》(我当时对这位外国音乐家全然无知,甚至根本没听说过这个名字),音乐如何优美,作曲家如何有民族感情,如何在芬兰被沙俄侵占的背景下表现出对芬兰祖国山水的情感,曲调如何的芬兰等。陆老师特别讲到作曲家墓地的纪念碑如何独特、举世无双。纪念碑就是由大量钢管塑成的管风琴的变形,像高低错落的音符。陆老师当年可能用的是作曲家名字的旧译,或者他的口音之故,我听的一直是"西比廖士",按照这个名字记了很多年,并且幻想着将来如果有机会到作曲家的故乡,一定要去看看这个纪念碑。说来也巧,前几年我有机会到瑞典斯德哥尔摩大学做了几个月的访问研究,其间抽空到芬兰赫尔辛基一游。那天,我特意冒着北欧初冬的凄风冷雨,步行一个多小时,找到了郊外湖畔西贝柳斯的墓地和纪念碑。同行者被我拉着走,颇为不解为什么一定要去看这个音乐家纪念碑而不去看别的更重要的景点。我心里清楚,这当然是当年从陆老师那里得来的对其人其墓其乐的神往和那时候结下的心结。

人格魅力,山高水长

1985 年底,我研究生毕业后留在北大经济系任教。此时北大经济系已升格为北大经济学院,原来的世界经济专业升格为国际经济系,我也"升格"

为陆老师的同事。作为同事，自然与陆老师接触更多、受益更多、感触更多。这个阶段，我感触最深的是陆老师的高尚人格和中国传统知识分子的风骨以及陆老师不谙人情世故、不会曲意逢迎的书生之气。这样的感触并不是来自什么轰轰烈烈的大事，而是来自许多有意思的小事。

　　我刚留校工作的那几年，整个国际经济系就是北大四院一间十几平方米的小办公室，几张破旧的木桌拼在一起放在屋子中央，周围围了两圈同样破旧的木椅，不客气地说，真是破桌子烂板凳。有一段时间系里一位老教师由于家庭原因还住在办公室，搭了个单人铺，占去房子很大一角。我们那时是最年轻的老师，只能当"后排议员"，坐在后排的角落里。相对正中的位置有一把椅子，一般是系主任洪君彦老师的专座。那时，每周有一个下午系里老师要聚在一起开会，说说教学科研等事务性工作，也是老师间见面交流的日子。陆老师作为系里最年长的资深教授，又在政协任职，社会活动相对较多，是不大经常参加系里活动的。有时候来了，陆老师似乎也不大知道正中的位子是主任的专座，就径直坐在洪老师的位子上。洪老师来后，自然也不会让老学长离开，便只得"委屈"地坐在侧位，我们年轻教师看后便都捂着嘴偷偷乐。自然，陆老师不来的时候，还是洪老师坐中央。现在想来，颇觉有趣，也可看出陆老师对什么主任、领导、官阶、级别是不大在意的，也没有那么多长幼尊卑的观念，对我们年轻老师如对朋友般平易。哪像现在，主席台上排排坐的总是这个长、那个官，真正的专家学者、业务骨干本应是会议的主角，反而只能叨陪末座。要说，以陆老师的出身、环境、资历，是最有资格摆谱的，但他是个真正的书生，不懂这些，也不以为意。窃以为，陆老师到外面开会，估计有时也可能会不合时宜地坐在某些领导和大人物的位子上。以他德高望重的老专家身份，主持人怕也不好意思请他让开，估计还会引起什么人的不快。那时候还不大流行放桌牌，每个人的位置一目了然。看来，发明桌牌的人的确有所贡献，也该获个什么奖的。

　　后来，陆老师当上了海淀区政协副主席，知识分子的地位也有所提高，开始受到使用。陆老师开始有较多的机会被请去参加各种会议,为各地经济开发区提供顾问咨询意见。偶尔也听到陆老师在系里同我们讲起他参加某地开发区的规划论证,对规划不满意,更对有关部门的官僚主义、长官意志等不满意。陆老师是学经济学出身的,后来搞了经济地理。在经济地理学界,他属"异端",少数派,也常常听到他对于经济地理学界某些人、某些观点、某些压制"异端"的作为愤愤不平地发表议论,义愤之情溢于言表。不过总体上说,尽管陆老师是一个愤世嫉俗的老派知识分子,对 20 世纪 80 年代后期、90 年代初期社会上的很多事看不惯,学术上也未必顺风顺水,但以我的观察,那个时期还是陆老师解放以后最舒畅的时期。至少有学生,也有人听他的观点、思想,可以施展他的才智。他也一直坚持他的"异端"观点,在学术上不断探索,苦苦追求,终于自成一家,有所建树。他的很多观点,诸如对世界战略关系格局的看法、应该首先在上海而不是深圳建立经济开发特区的观点、区域经济布局的观点等,都被后来的现实所证明。

20 世纪 90 年代初,陆老师受学校委派到美国访问交流两年。从美国回来后,陆老师身体健壮、面色红润、更多谈笑风生,手里多了一架比较高级的照相机,还戒除了多年的烟瘾。系里有活动,我经常看到陆老师拿着他的相机走来走去地拍照。印象比较清晰的一次是去玉渊潭公园玩,另一次是去顺义参观,都看到陆老师拿着相机拍照的年轻身影。那时的政治经济环境也更好,国家形势不断改善。我们以为,陆老师可以更自由畅快地发挥他的才智,舒展他的才情,过个愉快的晚年。可惜,不久就听说陆老师生病,得了癌症,这可能跟他多年吸烟有关。上天对他真的不公平。在陆老师最后的日子,我和夫人到北大校医院看他,他住在北大校医院一间很小的、颇有些逼仄的病房里,只见到他的老伴陪同。陆老师很平静地朝我们笑笑,有些吃力地简单交谈,还勉励我们、关心我们的工作和生活。

陆老师离开我们十几年了。今年正逢北大世界经济专业/国际经济系建立五十周年,我本人也成了北大国际经济系的教授,而且主持系里的工作,可以说成了陆卓明老师等一班老先生的传人。此时此刻,此情此景,我们更加怀念令人崇敬的陆老师。我很荣幸进了北大世界经济专业读书,很荣幸有陆卓明教授这样的老师,很荣幸做他的学生,又做他的同事。如果让我给陆老师一个评价,我只能说,那是一个真正的知识分子,一个活生生的人。

陆老师的担心

■ 韩　实*

陆老师的一个担心是勃列日涅夫的导弹，上课时他经常提到。在他看来，西欧和北美的男男女女在战后的和平时期里正在逐渐堕入醉生梦死的状态之中，美国人的平均糖消费量竟有每人每天一公斤之多。与此同时，苏联的弹药库正在无限膨胀，苏联武装力量的打击能力日益加强。苏联对整个欧洲的征服，也许只是时间问题。

幸运的是，陆老师的这一预言没有成为现实。也许他当初也并不一定认为自己的预言就一定灵验。他也许只是由衷地担心，来自苏维埃社会主义加盟共和国联盟的某种暴虐力量将会摧毁那个脆弱的、曾经熟悉的自由世界，就像日本鬼子践踏中国一样。他不想像当年那样被日本鬼子抓去审问，也不想让生活中所有细腻、高级、美好的东西毁于一旦。

陆老师的研究是指向物质世界的——水文、气候、矿藏、工

*　北京大学 79 级世界经济专业。

业。他告诉我们：草肥水美、风和日丽的欧洲平原适合人类的生存；世界上真正能够称得上地大物博、资源丰富的国家只有两个——美国和苏联，中国不在其中；建造深圳的钱应该用在上海；大城市周围应该只种瓜果，不种粮食。但他对物质生活却似乎持有一种超然、甚至轻蔑的态度，这从他对现代欧美生活方式的抨击上可见一斑。陆老师家里仅存的几件实木家具做工精良，让人联想到旧时大学校长的生活水平。其他的东西什么都没有，只有数不清的音乐磁带和一台十分简陋的录音机。他就是用这两样东西，把我们带进了一个完全不同的世界。

课堂上，下课后，在学校，在家里，他以传教士般的热情向我们传颂古典音乐的优美。地理课变成了音乐课的预科，地球上那一个个拥有各种矿藏、工业和传奇故事的国家忽然间变成了一个个音乐家的精美舞台：拿破仑铁蹄下的俄罗斯和忧郁的老柴，顽强抵抗沙俄侵略的芬兰和西贝柳斯的芬兰颂，沸腾的拉丁血液和拉维尔那一个旋律重复 18 遍的巴莱罗舞曲……陆老师可能知道，对我们这些刚刚经历了"文革"的孩子来说，这些作品，它们陌生而优美的旋律、节奏、和声和共鸣，很可能都是第一次听到。

他家藏的古典音乐唱片被革命小将不可挽回地摧毁了。也许正因为如此，他更加精心地收藏着古典音乐的各个版本，对演出的时间、地点、独奏独唱者、乐团、合唱团、指挥、伴奏等都十分挑剔。芝加哥的贝多芬第八比柏林的快了几分钟，他一定要把芝加哥的要来听一听。恐怕没有任何重要的音乐作品是在陆老师这位世界经济地理老师的知识范围之外的。这不禁让我们想到一个问题：什么是他的最爱？

由于地理课是按国别和地区讲授的，陆老师的音乐展示往往依次集中在那些民族特色鲜明的作曲家身上：他自己能在钢琴上熟练弹奏的肖邦，在新大陆思念故乡的德沃夏克，只能用意大利语演唱的普契尼。这些具有民族特色的作品无疑是他高度欣赏的，但他对形式美的追求让他走得很远很远。在俄罗斯作曲家当中，他更欣赏的是多少已经国际化了的老柴，对俄罗斯味道过于浓厚的五人强力集团则态度一般。也许是深谙钢琴演奏之道的缘故,他对复杂、艰深、激情澎湃、浪漫无比的拉赫马尼诺夫非常推崇。谈到室内乐和那些他同样能够熟练弹奏的巴赫变奏曲,他甚至对人类听觉的局限性表示惋惜:那些复调,不同的旋律在不同的声部上同时进行,可惜人的耳朵往往只能听到两部,再多了就会应接不暇。毫无疑问,对于陆老师而言,像对古代贤哲一样,音乐不是人类生活的装饰和点缀。音乐以及一切纯粹的艺术和科学,是对美和秩序的追求,是高于人类而应被人类视为崇尚对象的。

他最喜欢的音乐是什么?这不太清楚。只知道在陆校长晚年曾想让爱子弹奏的是舒伯特的圣母颂。陆老师说十年不动琴,手已经生了。他也说,那赞颂圣母玛丽娅的旋律何不是所有受难之人的共同慰藉。在长达二十几年的时间里,他反复地经受了绝对权力的严厉惩罚。不敢想象,这悲天悯人的缓缓旋律是怎样伴着他度过那漫长时光的。

陆老师一定相信,音乐不仅超越物质,也超越国家、政治、文化和宗教。他说过,很多人以为美国人给燕京大学留下了很多东西,其实大多数东西都被国民党收走了。留下的有一些唱片,是美国交响乐团演奏苏联作曲家肖斯塔科维奇作品的唱片。陆老师不止一次地提到老肖。莫非这位在苏联的过山车经历和他现代主义的不谐和音让陆老师在 20 世纪 70 年代的中国找到了共鸣?毕竟老肖去世的时候,苏联的军备扩张还没有达到登峰造极的地步。

今年初夏的一个傍晚,来到美国中心城市芝加哥上空的,不是苏联的原子弹,而是在湖边露天音乐厅由芝加哥当地的交响乐团演奏和由当地的儿童与成年人用俄语演唱的肖斯塔科维奇的《森林之歌》。成千上万的美国人坐在草坪上,翻译成英文的歌词人手一册。这是一部纵情歌唱英明领袖斯大林的苏联清唱剧。西方热衷于貌似持不同政见者的老肖和他充满不协和音的很多作品,这部主旋律作品却很少被演唱。结尾来临,赞美诗般的歌声在密执安湖畔震荡:社会主义苏联多么美好,共产主义的曙光已经降临,光荣属于英明的领袖,如果列宁今天还活着的话,那该有多好啊!掌声雷动。

　　如果陆老师看到我身临其境的这幅场景,听到精湛的老肖,也许会说:音乐这看似无形的东西确实具有无法抵御的力量。我虽然对 20 世纪的现代主义实验持保留态度,但音乐是直通个人灵魂的,它超越政治,高于生命,他能使人感受美,接近永恒。

一个把地球攥在手里的人

■ 李宗扬*

第一次见到陆老师是 30 年前,最后一次见到陆老师也已是 26 年前了。

陆老师的音容笑貌虽然依稀可辨,却已经有些模糊了。不知怎么的,每当我想起陆老师,在脑海中清晰晃动的总是那一只骨瘦嶙峋,轻握空拳,伸向远方的手。

燕园是美丽的。然而,燕园之于我更是一方神圣、肥沃、安谧和无华的净土。它的超凡脱俗足以使人类宗教界的庙宇和教堂相形见绌。这应该就是燕园的灵魂吧。显而易见,陆老师就是燕园灵魂的一个完美化身。

秋天的燕园,落叶伏地,凄凉已现。那是一个上午,因为上课时间快到,我三步并作两步抢出 37 号楼,飞身跨上当时有些奢侈的"永久"牌自行车,向三教冲去。路上,同宿舍的侯霖同学顾不上校警可能的"惩罚",跳上我的车后座,一起"飞"到了教室。

* 北京大学 79 级世界经济专业。

这是我第一次见到陆老师。他坐在讲台旁的一把椅子上,正望着地面沉思,露出了已现脱发的头顶。教室里已坐满了同学们,大家都很好奇地想听听"世界经济地理"到底是哪门学问。

陆老师的课的确与众不同。他安静地讲述着我们人类生存的地球上一个个过去和现在的故事。世界的资源分布和战略布局,在他娓娓道来之间,似乎就像一个主妇在安排自己家里的各种材料,准备烹饪一桌丰盛的晚餐。这哪里是一介书生在讲课?你看到的明明是,一位叱咤风云的三军主帅,运筹帷幄,决胜千里;你听到的明明是,地球上为争夺资源而发出的隆隆战车和唇枪舌剑之声;你感到的明明是,地球的颤动和不安。

陆老师还在那里安静地讲述着,他的思维在流淌,知识在涌泄。他已经进入了他自己的境界,他在咀嚼着,回味着,享受着……同学们无法逃避地都沉浸在一种神圣的气氛中,自己似乎已变成陆老师手下的战士,心胸已插上了翅膀,找到了支点,都有心也把地球亲手撬动一下。

"秀才不出门,遍知天下事。"这说的不就是陆老师吗?

陆老师还在那里安静地讲述着,教室里鸦雀无声。同学们一定都认为,陆老师渊博的知识和天才般的洞察力是数十载积累和勤奋的结果,是世事变迁带来的锤炼。我曾经也认为是这样的。然而,细加琢磨,其实并不尽然。

陆老师的左手隐藏着其中的奥秘。

时间久远,陆老师的模样已然淡漠。可是,为什么在我脑海中永远忘不掉的,清晰晃动的,总是那样一只骨瘦嶙峋,轻握空拳,伸向远方的手呢?陆老师上课并无其他特别的动作,可我注意到,他在每次说话停顿的时候,都会不经意地伸出左手,微微握拳,目光直视到自己的这只手上。他有时会望手沉思片刻,有时会稍微转动一下这只手,然后继续开讲。

这是一只什么样的手啊!我只是多少年后,历经了许多风雨,才似乎有所感悟:陆老师那骨瘦嶙峋的空拳里不正是攥着我们这个赖以生存的地球吗!他的灵感,他的智慧,他的思绪,不都是在同那个攥在手里的"小小环球"的交流中引发的吗？一个东西、一件事、一个人，你不把他攥在手里，细细腻腻地把玩、揉捏、体会，你又怎么可能做到如数家珍，尽在"掌握"之中呢？

这是一种萦绕在心的感觉。中国老一辈知识分子留给我们的宝贵财富就包括着这种"恬淡中的细致而忌浮华躁动"和"柔弱中的无畏且心高骨傲"。这一切在我看来就是神圣，是需要传承的。

陆老师是我大学毕业论文的指导老师。我曾应邀到陆老师家中长谈两次，订正文稿。我的论文题目是"论墨西哥债务危机"，当时真的感觉有些不自量力。我和陆老师围坐在他家里的大桌子旁，一杯清茶，一把蒲扇，两人谈得十分愉快。陆老师说，墨西哥只是世界当中的一个国家，危机的爆发是有世界根源的，是发展中国家都可能遇到的普遍问题，因此，要站在世界的角度和南北斗争的高度去研究。感谢陆老师和我的另一位指导老师巫宁耕给我的毕业论文判了一个"优"。后来，陆老师还邀请我能留校做他的助理，可是被当时"心高气傲"的我谢绝了，后来也未能在拉美研究方面继续努力。

"逝者如斯夫"，人已去矣，过去的就让它过去吧。可是，像陆老师那些北大老一辈知识分子的精神和实力却不是任何金钱和华贵的力量所能比拟和媲美的。这就是燕园之魂。

陆老师，燕园之魂。

*望你在拉丁美洲方面
合作研究*

*陆卓明
1983年7月14日*

陆卓明先生留给李宗扬的赠言

纪念一个人，怀念一种精神

■ 马慈和*

    1980 年的一次课间，陆老师吸了两口烟后，谈到了苏联：苏联的人口构成中俄罗斯的人口不到总人口的半数；乌克兰三十年代的大饥荒，这个欧洲的粮仓在几年之间饿死了几百万人；赫鲁晓夫大规模垦荒造成的沙漠化；斯大林的肃反。他预言，这个庞大的帝国终将解体。

    他说建造深圳的钱应该用在上海。这个 1843 年开埠，远东最大的港口和金融中心，这个有着一百多年工业基础和人文素养的城市，将会释放出巨大的能量。

    他曾对美国的人口构成表示过担忧，并比照日本。

    他讲过塞尔维亚、波黑、巴尔干地区的民族和宗教，他说南斯拉夫社会主义联邦共和国可能会分裂！

    谁说社会科学不能预见！

    1958 年，陆老师搬进一座东西向，没有卫生间的老式楼房。

---

* 孙珍根据北京大学 79 级世界经济专业马慈和同学口述整理。

半个多世纪，他和他的家人就生活在这狭小阴暗的空间。从燕东园 27 号独家二层小楼，到中关村与人合住的单元房，他似乎并不在意。窗外还有月亮，这儿离他的学生不远，离他的音乐发烧友不远；夜深人静，这儿还能听到未名湖畔的钟声；他还有书，有磁带，有地图，这就够了。他不会对系里说我想多要几平米，我想换一套带卫生间的房子，我想调到一个朝南的房间。

他有他的操守，有他的快乐，他的生命里有更重要的东西。衣着可以马马虎虎，扣子常常系错，但学问一点不含糊；房间小，光线暗，但不妨碍思想的自由。他从父亲家里搬来的那个大圆桌，那古旧、厚重的木头让人隐约感到当年燕大校长的体面；他就是在那听音乐，画地图，教学生，为父亲申述，与朋友论道；更有无数多的夜晚，清风明月下，一缕青烟，独与天地精神往来。

1952 年，新中国刚刚成立三年，陆老师的父亲陆志韦先生就作为"美帝走狗"受到批判，燕京大学作为"文化侵略据点"被解散，他在出身一栏上，只能填写"文化买办"。背着这个出身，他在政治上永远不能进步，他被"劝退"中国新民主主义青年团。这个最受学生欢迎的老师只能住在最差的房子里，还成为各种运动可能俘获的目标。

他似乎不愿离开那个从小长大的地方。1941 年，日寇占领燕大，他们全家被赶出燕园，住在校外一座小民宅。他们宁愿自己种玉米，卖家中旧物度日，也不愿接受伪政府救济并拒绝日本人劝降；他们守候着燕园，直到日本人投降。1948 年，国民党人打电话向陆志韦先生发出最后的"召唤"，正巧陆志韦先生不在，陆老师根据父亲的一贯态度说："我们不走"。同年，他拿到美国几所大学的奖学金，他没有去，他要迎接新中国！1979 年 12 月 11 日，他终于等到了为父亲平反的那一天！陆志韦先生追悼会后有 78 级学生的一堂课，他哽咽数次，无法言语。

陆老师在燕园见识了美国人，他对美国人心存戒惧，他知道中国人不能靠美国人；20 世纪 50 年代，他在北师大经济地理研究班听过苏联专家的课，他对苏联人的理论不以为然，并对中国北方这个庞大的帝国非常警觉；他蹲过日本人的监狱；他痛恨国民党的腐败，他的学校曾被国民党军警包围，他曾站在父亲身旁保护进步学生。

他冷眼旁观解放后一次又一次的政治运动，他没有资格，也不会违心地随着各种运动上上下下，他对那些口号、主义、派别没有热情；历经战乱，他看淡一切，放不下的是燕京大学的校训："因真理，得自由，以服务"。

他和地图有缘！

1944 年，一个到陆家劝降的日本宪兵对陆志韦先生说："令郎屋里墙上那张地图上做了许多符号，想来您是知道战局的。"

1948 年解放前夕，他预计解放军进城必经燕园西门。果然，他在西门迎来了"扎着绑腿的解放军"。为了攻城，解放军的一个参谋到燕大借一份北京四郊地图，是陆老师"骑车在前，解放军参谋骑马在后，合拍的通过了未名湖南面的小路"，到图书馆去拿地图。

他接过先人的舆地之学，"览城郭，按山川，稽道里，问关津；昭九州之脉络，明俯察仰视之义；论山川险易，古今用兵战守攻取之宜，兴亡成败得失之迹"。

他在课上问过我们："有谁知道，中国近代史上有一次战役堪比莫斯科保卫战？"

他有一幅作战地图：中国远征军在缅甸的布防、日本人的战术、中国军队撤退的路线；东吁保卫战、斯瓦阻击战、仁安羌解围战、东枝收复战、于邦大捷；他设想苏联突袭中国的三条路线；他言中前苏联入侵阿富汗的路线；他点评中越自卫反击战中，解放军应该重点摧毁的交通枢纽和经济中心。

他有一幅经济地图：全世界的三角洲，尼罗河、红河、湄公河、伊洛瓦底江和印度河三角洲、孟加拉冲积洲、意大利北部的波河重心区、长三角、珠三角；这些大河冲积洲纵横的河道、地势、土质、出海口、泥沙入海后的流向和港口与河流干道之间的联系；它的中心城市的设定和港口的选择。他比较新加坡与伊斯坦布尔、苏伊士运河和巴拿马运河；干旱地区的水源问题，高地在热带和干旱地区的核心作用，水源的争夺；隘道型经济重心区。

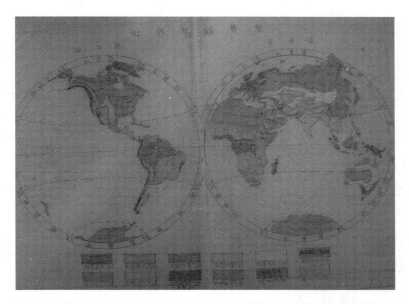

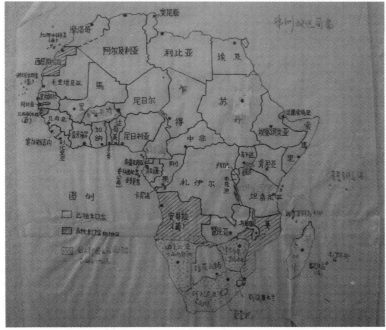

陆老师亲手绘制的地图

他给我们讲"鲜活"的地理。人类和人类赖以生存的地球,有限的资源和我们不断膨胀的欲望并由此引发的冲突及冲突的前生后世;他讲资源的有效配置,生产力一群一群、一圈一圈的分布,他特别注重战略包围圈的形成与解体,战略通道的保护与进攻,他说香港就是西方对中国的包围圈上的出口。

他点评中印边境战争、印度肢解巴基斯坦、美国独立战争和南北战争以及当年不可一世的拿破仑和希特勒为什么都最终败在了俄罗斯;他说不要小觑日本! 日本的横须贺港是美军基地,随时可以部署核武器;他说研究中东问题要考虑各个战略力量在中东的争夺;他说墨西哥债务危机不是孤立事件,要站在南北冲突的角度去看;他说新加坡的发达并不仅仅因为它坐落在隘口,还要研究英国、荷兰早期的海外扩张模式,西欧、美国和日本在这一地区的争斗,东南亚各地区的经济状况。

他说:"做学问,一要有兴趣,二要有使命感,做大学问必须兼而有之。"他不照搬苏联,也不照抄西方;他的地理学不只是山川,矿藏;他的经济学也不只是曲线,GDP;他传给我们的是经世济民的学问,他心里装的是家国天下。

他爱抬杠!

学术界批判地理环境决定论,他说自然规律才是根本;欧洲自然条件多样,有利于工商业的发展,所以"资本的母国不能产生在非洲,而是在自然条件多变的欧洲";中国地理单元比较封闭,形成长期的农耕经济和封建制度。

斯大林说生产力决定社会发展;他说生产力包括生产工具、劳动对象和人,不能只强调人,不能说欧洲发达,非洲落后,是人决定的,而生产工具和劳动对象,都与地理环境或自然条件有密切关系。

组织上说"人定胜天"、"广阔天地大有作为",他讲西非的干旱、饥荒和人口的关系,从尼罗河到印度河不断增加的灌区和不堪重负的土地。他说与天斗可能使人口超过土地负载能力，导致灾荒。

苏联专家说工业要分散，农业要专业化；他说工业要集聚，农业要多样化；他直言三线建设，不仅费用高昂，而且从军事上考虑也极不合理："这样的散置看来是可以化整为零，缩小受敌攻击的目标，实则是把交通线摊开来挨打。哪怕一个工厂或一条交通线被毁，也足以瘫痪整个军事工业。"

国际主流经济学鼓吹自由贸易，公平交易，他说资源分布和占有的不均必然产生垄断，进而导致军事上和政治上的角逐。

谈到核竞赛时，他反复强调，不要太幼稚，不要太听信"国际主流媒体的说法"，要保持清醒，我们自己有了核武器，才不会挨打。

大家都说我国是一个人口众多，地大物博的国家，他说我们只是人口众多，而非地大物博。世界上称得上地大物博的国家只有美国和苏联，我们所需的几乎全部自然资源，都严重依赖进口；我国的人均可耕地面积，人均资源占有量都排在世界 100 位之后。

国家号召"开发大西北"，他说西北是"开发障区"，如果不注重环境保护，后果是毁灭性的。

他不认得利益集团、权贵、政府和上级。他不会给主任领导让座，他的经济地理不是企业或政府规划的摆设，不是官僚主义、长官意志的附庸。他斥责宝钢的选址，周边没有大型铁矿，地基不牢，大型船只不能直接靠岸；他说钢企不应只追求规模，更要看生产要素投入的效率。

教学生是他天大的事。他课上带我们遨游，课下和我们聊天。他到学生食堂吃饭，他看三角地的海报，他请学生来家里玩，他参加学生聚会，他和学生一起玩弹球，他给开满鲜花的大树照相，他讲课一直讲到病倒在讲台上。

他痛斥出卖国家利益的叛徒，他痛心自己国家的种种弊病，他同情全世界受苦受难的人民和民族，提到红色高棉大肆屠杀自己的人民，讲到激愤处，陆老师"须发皆张"。

俯仰无愧于天地！

他爱古典音乐！

他念念不忘拉赫玛尼诺夫的"春潮"，这首小时候听过或弹过的曲子。多年收藏的唱片在"文革"中被小将们砸碎了，这让他心疼，但无法让他忘却。他一点点的寻找，和学生交换磁带，写信给出国的朋友告之买哪个乐团，哪个指挥，哪个演奏家的版本；他举办音乐讲座，他接受北京电视台关于音乐的采访；他一笔一画整理古典音乐家年表、作品表；他赞叹德国音响，"全黑色的，那声音是真棒啊！可惜我这辈子是买不起也听不上了……"。弥留之际，"春潮"找到了！这段只有 1 分 20 秒的乐曲，转录成磁带，放进小小的随身听，拿到了他的病床前……两个星期后，他离开了这个世界。

从西贝柳斯的《芬兰颂》到德沃夏克的《自新大陆》，从忧郁的柴可夫斯基到非凡的肖邦，那些不朽的作品和不朽的灵魂在多难的中国产生共鸣。钢琴没有了，唱片砸碎了，但心中的乐曲没有停止，舒伯特的《圣母颂》在耳边回荡，陪伴着一个受难者和一颗敏感善良的心。

第一天上课，他就拎着一个大大的老式录音机。课讲完了，他说听一段音乐吧。时而低沉、时而激昂的乐曲穿越时空，站在乐曲前的是不久前还拿锄头的知青、多年的锻工、在"文革"期间上中小学的应届生和曾经砸碎唱片的红小将。他打开了一扇门，领我们这些喊着口号、唱着革命歌曲、听着样板戏长大的孩子到了一个新的世界。

"把爱全给了我们，把世界给了我们，不知你心中苦与乐！"

这样的一个人悄悄走了！

如果他活着，或许可以为他的祖国做得更多：三线建设，重复建设也许可以避免，铁矿石谈判也许不会尴尬，上海也许早就重振雄姿，再度成为远东最大的金融中心，边境关系也许可以改写。他抽着烟，不紧不慢的几句话，或许会让我们少走一些弯路。他悠悠的京腔被口号声，被各种嘈杂的声音湮没了。

今天，我们看到他的预言成为现实，我们感慨"斯人已去，遂成绝响"！

今天，他会对我们说些什么？快速发展的中国是他和他的先辈们向往的样子吗？他怎样评说身后那些事？腐败，污染，非典，奥运，汶川大地震，阿富汗战争，伊拉克战争……1990年前后，他担任海淀区政协副主席的时候，就痛斥那时的腐败，而那不过是开会吃喝而已。

他的课充满传道般的激情。他知道，我们这些生在新社会，长在红旗下，手捧红宝书上学的孩子，需要人类文化的滋养。那优美的乐曲，那娓娓道来的山川、矿藏、城市、通道，走进了我们的心田。他小心呵护的薪火，穿越了"三反"、"五反"，穿越了反"右"，穿越了"大跃进"，穿越了"文革"，最后传给了我们。

我们的文明绵延了几千年，大约是因为有陆老师这样的"火炬手"、"播种人"吧！他看护着我们，看护着我们的民族，看护着我们民族的良心。

记忆中的陆卓明先生二三事

■ 蔡晓峰*

去年在《读书》杂志上有一篇纪念陆老师的文章,印象中作者是其他系的,上学时旁听过陆老师的课,毕业后留校当了老师。读时还想,怎么经济系没人撰文纪念呢?文章写得十分动情,读后令人不忍,许多往事历历在目。

我是十分崇拜陆先生的。他的学问、智慧、人品,都令我不能不折服。可惜,这么优秀的人竟不能把他的智慧多几年留给向往北大的学子们,太可惜了!

在我印象里,陆先生岂止令学生们喜欢,更令学生们着迷,有些类似当下的追星。他传授的不只是经济地理的知识,更有看世界的方法,对考试的态度和对由经济利益而产生的一切人类冲突的冷静观察。他还以他特有的幽默,嘲讽各种利益间的冲突,预言由于利益冲突,今后的世界可能会变成什么样子!

记得他讲美国。他说,美国的资源,特别是石油资源是十分

* 北京大学 79 级经济系。

丰富的,但美国不那么积极开发,而是在世界各地控制资源。等到全世界的石油采得差不多了,他们才会开采。当时我们只是听故事,听得欢天喜地,听别人的经济生活。1980年的时候,石油价比自来水。但现在呢?现在石油已成为我们日常生活的一部分,价比桶装葡萄酒。在全球石油可开采资源日渐紧绌之时,报载,奥巴马已批准在美国近海采油。这不禁令人慨叹:陆老师真乃大智慧!可惜,那时我们懵懵懂懂,还跟不上他的思维。而当现实印证他的远见时,并且我们也多少能凑合掺乎讨论时,惟智者已逝!

还记得他讲79级高考地理试卷中的一道题。题目是:找出从上海到伦敦最近的海路并写出经过的海峡和港口,15分。他说有一个考生,描述的是从上海向北、过日本海、沿格陵兰岛、经北冰洋、经北海再到伦敦的路线。他说,标准答案显然不是这个,但这个考生的答案是最出色的,真的那条路线最近!他说,他参与了判卷,曾据理力争,但没结果,那个学生在这道题上没得分。我们是79级文科考生,都答过那道题。当时我只觉得血往头上涌。他显然不是嘲笑我们,但是他告诉了我们真理是什么,以及真理在现实面前的无奈。更让人没脾气的是,这条线路,随着全球变暖,已经有可能成为现实的商业航道!

我印象深刻的还有陆先生对考试的洒脱。他的课,可以以一篇自己命题的论文通过,也可以两人共同署名。显然,他看重的是学生对知识的追求,他不看重考试分数。而且,他的课是选修课,通过即可。这也给了他展现洒脱的机会。令人不解的是,这样松松垮垮的考试,竟然能促使学生们拼命去找资料,认真去思考那些我们当时还难以想清楚的战略问题。我的考试是在室友张永山的论欧亚战略通道的文章上签字通过的。虽然考试偷了懒,但陆先生的课却让我刻骨铭心。无论是他讲的中东战争中达扬的化妆穿梭、越战后美军丢下了超量的重装备、博斯普鲁斯海峡的诡异,还是世界资源的约束、力量的均衡,均给我打开了思想的闸门。在我其后的职业生涯中,每当遇到资源选择、力量对比之类问题,或听到这类新闻时,都会想到陆先生生动的表情。像中国银行在赞比亚设机构,是因为那里的铜;中国银行在巴拿马设机构，是因为那条著名的扼住中南美洲咽喉的运河；中国在南亚开辟第二条石油运输大通道，是为了避免马六甲、南海这条地缘政治纷争地带的风险……

陆先生是调动课堂气氛的高手。有一次他讲南亚次大陆，说起印度佛教的一个代表团来北大访问，逢塔必拜。行至未名湖东南侧时，遥望见古塔高耸，众人当即合十俯首，一片虔诚。陆先生慌忙制止，说明那是水塔！全班大乐。然后他再讲他的南亚次大陆云云。当年他讲得课是什么已记不清了，但关于这个水塔，却让我顿悟：一切形似、甚至神似的东西，内涵可能完全南辕北辙。善哉！不过，这个水塔的设计者和设计采纳者真正是高手，把一个水塔弄得与未名湖完全浑然一体。

我还记得许多陆先生的生动表演，也许因为我从事过表演，因此对他的授课技巧有更多的体味。记得有一次下雪，他进教室后不紧不慢的讲了几句话："南方的同学出门前妈妈给做了一个大棉袄，说是北方冷。结果天一冷，南方同学拿出棉袄一穿太臃肿，于是拆了重絮，拆开才发现，原来可以絮两床棉被。"全场哄然。窗外缤纷大雪，室内南北方同学都心暖融融。结果那堂课，师生始终兴奋。

最难忘那年过新年，我们班请来经济系的几位老师一块闹，一些同学哄陆先生学动物叫，陆先生大大方方接受，说他画一个动物，画什么就学什么叫，众班友们大叫同意，期盼翘首、雀跃不已。结果陆先生不慌不忙画了一个兔子，说：兔子不会叫。嘿嘿！这老先生竟然耍了我们。

他的聪慧、幽默、宽广的胸怀、宏大的视野、高雅的情趣，与他的曲折人生、非著名副教授（不知后来是否评上教授）、经济系的地理学者，都形成了扭曲的反差。这些既形成了陆先生独特的人格魅力，也给我们带来了一些疑惑。也许是为他不平吧。但我们不知道他的人生际遇。他的家庭似乎历经坎坷。他在课堂上偶尔会掩抑不住地流露一些心底的声音："我的父亲解放前曾经掩护过共产党员"，"我的父亲平反了"。这些沉重的话语和他开放的教学风格形成了强烈的反差。让我想到贝多芬第五交响乐的旋律。我们这一代人和我们的父辈都经历过那个颠倒的年代，我们个人也或多或少有一些观察。对于陆先生内心的痛苦，我们多少能够有些理解。陆先生背负着北大带给他的沉重、误解，甚至是恩怨，却仍能以中国知识分子的胸怀在学业上孜孜以求，视野始终放在全世界，起点始终站在民族兴亡上，为北大增添了光彩！令人尊敬。尊敬之际，我内心对陆先生还保留着一份感激。在我中断了十年的学业之后，重回教室时，遇到了陆先生这样的真诚、质朴、亲近、博学、钻研的老师，使我在历经北大荒的"在人间"、"我的大学"之后，能够相信，可以在北大以小朋友的心情，忘却人间的冷漠和不平，追寻真理。感激他以坦荡的胸怀，在教授我们知识的同时，告诉我们怎样看待世界，怎样对待人生。

也因为有了陆老师，使我们对北大多了一分眷恋。

博学多才与人格魅力

■ 方 凡[*]

看了孟扬追忆陆老师的文章,散文风格,写得真好! 金禾的那个长篇写得也是有血有肉,一个活生生的陆老师就浮现在眼前,看了很令人感动! 他们那么忙,还挤时间出来写,可见陆老师在学生心里的地位和分量!

毕业这么多年,我还保存着陆老师的课堂笔记,其他的笔记早就都卖了废纸。我们之所以特别喜欢陆老师,是因为他高超的讲课艺术和人格。

他讲课没有虚假的套话废话,这对于十几年来听惯了听厌了假大空言论的我来说,就像在黑夜里突然有眼前一亮的感觉。已经看惯了多数人迫于情势不得不讲一些违心的话,终于看到一个有知识、有文化、有良心并敢于坚持己见的老师;已经听惯了许多人只为占用某段时间而作言之无物的发言,终于见到一个言之有物、闻之受益的老师,敬佩之心油然而生。

* 北京大学 80 级世界经济专业。

听陆老师的课,很明显感到眼界和思路都被打开了,1981 年 2 月第一次上课时,他就提到:战争是最激烈的对抗形式,但也是靠关联来实现的,关联是由差异决定的,差异是分布上的差异……这些话在当时听来是那么的与众不同,掷地有声。在讲到中东地区的石油通道时,陆老师说,东西通道主要是经济意义,其次是战略意义;南北通道主要是战略意义,其次是经济意义。在讲到三个世界时,陆老师说,地理位置决定斗争方向。他讲课每句话都能把你紧紧抓住,让你不得不认真地听。有时一句普普通通的话,出自陆老师之口,常常会令人深思,比如他说:把事情看得准一点,把哲学看得清楚一点。这些话放在今天当然不算什么,但在 80 年代初,听到这种话着实让我感到了一种思想的冲击力。

陆老师讲课时会穿插许多逸闻趣事,记得他讲到中东提到犹太人时,说犹太人在全世界都受到排挤,唯独在中国例外,河南开封就有犹太人,而且已被同化,说明中国文化内含着一种强大同化力;讲到朝鲜时,说朝鲜人民的实际生活是什么状况,一年只能吃到 3 次肉;讲到南亚的社会结构时,提到印度教公开主张人类的不平等,陆老师说他的一个远亲就是印度的什么婆罗门种姓,自以为非常高贵,待人接物是怎样怎样;等等。总之,课间总能穿插着听到一些特别好玩的信息,感觉陆老师真是见多识广!

一次课间和陆老师闲聊,得知他祖籍是浙江湖州的,我说我去过几次湖州南浔镇,陆老师一听很兴奋,说他祖籍就是南浔的,问我是哪年去的? 南浔还有什么人? 我如实相告,说 1972 年我第一次去,那时的南浔河汊纵横,沿河的老房子年代久远,甚至还有明代的老房子,都是两层木结构的,下面是灶间和吃饭间,楼上是睡觉的地方。1977 年我再次去时那里早已吃上自来水了,但许多人洗衣洗菜还是喜欢到河里。那儿的丝绸非常有名,就是缺烧的,一到冬天,多数人手耳都生冻疮,手肿的像馒头一样,流着黄水……聊到后来陆老师说,他家其实在南浔已经没有人了,而且他实际上也没有回去过! 后来在 1982 年、1989 年、1995 年、1999 年我又多次去过南浔,每走在古镇的街道上,我都会想,哪座房子是陆老师家的老宅呢?

当年陆老师曾问我能不能考他的研究生,我说我年龄偏大,陆老师说,我就是想要年龄大有社会经历的。我说我数学、英语都不灵,很吃力,陆老师说,只要你考,这不是问题。我说我记忆力差,身体也不行了,看书时间一长就眼睛疼头疼,最后陆老师表示那就别勉强了,还是身体要紧!

不知大家是否记得,课程结束时,陆老师建议我们暑假有时间看看希腊神话、罗马神话之类,看看宗教研究方面的书籍。那个暑假我就从图书馆借了一本希腊神话回家,可当时对这种书实在没什么兴趣,硬着头皮每天看几页,到开学还是没看完。但出于对陆老师的信任和好感,我时常会想,陆老师为什么要推荐我们看这种书呢? 一定有他的道理! 后来有了儿子,孩子刚上到二年级时,我就给他买了希腊神话故事、罗马神话,而且我也告诉他,这是我大学里一个最好的老师推荐过的书,可是我没有看完,看过的也忘了,你看看能看懂多少! 又过几年当我看了老舍先生的小说《我这一辈子》时,我恍然大悟:神性,直指人性,开悟太晚了! 这时儿子已上中学,我和他讨论起这些,他能讲的清清楚楚,哪个神叫什么,和哪个神是什么关系,都干了些什么事,而且他很轻松得领悟到,说的是神,其实反映的都是人的本性!

我多次给儿子讲过陆老师的故事,这些事反映了陆老师的品性,比如,陆老师第一次上课就明确告诉我们,上他的课他不会点名,如果不想听,随时可以起身走,选了他的课只要最后认真写一篇文章,都可以通得过,想不通过都很难! 我说这就叫胸怀博大,这种博大的胸怀来源于自信!

还有,上陆老师的课就是一种享受,他会给我们放磁带,会给我们讲音乐欣赏,我说这就叫博学多才!

还有,陆老师是当年燕大校长之子,是名门之后,可陆老师衣着朴素为人谦逊,我说这就叫平民情结!

还有,陆老师虽然只给我们上过一学期的课,但凡是上过他课的同学,都特别喜欢他,信任他,敬佩他,我说这就叫人格魅力!

还有,陆老师许多亲属都在国外,他说他们都叫他也出去,这在当时对许多人来讲是求之不得的,可陆老师不为所动坚决留下,我说这就叫爱国情怀!

夜已深,我还深陷追忆之中,本来只想简单写几句,谁料一开了头,一个个场景就都被"关联"出来了!

课下的陆老师

■ 金　禾*

我是 1980 年考入经济系世界经济专业的，1984 年本科毕业后，我又上了本系研究生。1986 年 12 月我毕业留校成为经济学院国际经济系教员，直至 1991 年 11 月被北大公派到德国留学。和同学们相比，我有幸多了五年与陆老师共事的经历，对课堂之外的陆老师也有了一些了解。

当时每星期三下午，是教师"政治学习"时间，即系例会。届时国际经济系的十几位教员都会聚在四院二楼左手第一个房间（即我们系唯一的办公室，约 15 平米）围桌而坐。但陆老师是个例外，他不一定每次都来，因为他习惯于晚上工作，白天休息（另外也可能是因为例会后经常就是党员会，绝大部分教员都是党员，而陆老师不是）。记忆中陆老师来参加"政治学习"时，总会就形势、时事畅谈他的一些感触和感悟，常常会使本来布置的政治议题（通常是先读报或文件，再讨论）搁置或偏离，而主持会议的领导及老教员，通常都对这样的"跑题"含笑默许；年轻教员，则会积极参与甚至喝彩鼓掌——无论老少，都有一种痛快淋漓的感觉。留校后初见陆老师，已经是冬去春来。当时他任海淀区政协副主席，春天总要参加若干天政协会，"时差"也随之倒过来了，于是一连几周都来参加系例会。那天陆老师一见我们几个新留校的学生（唐凯男、李敏、孟扬和我），非常高兴，感叹年轻人的队伍又壮大了，国经系后继有人，生机勃勃。正好那天散会早，陆老师和我们年轻人又聊了一阵，意犹未尽，遂提议："走，上我家喝酒，听音乐去！"兆洪成、韩实、王跃生几个年轻人以及我们新留校的，立刻欢呼响应，和陆老师一起到校商店买了葡萄酒、香槟、可乐和雪碧（陆老师特别强调给不喝酒的女同志），浩浩荡荡前往陆老师家……二十多年过去，那天谈话的具体内容已经淡忘，但谈话的氛围和如诗如画、如梦如歌、如诉如泣的音乐，至今仍留在我的记忆深处。那天从陆老师家出来时的感觉也记忆犹新：春风拂面，一种灵魂受洗礼的清新和酣畅。那一刻忽然悟出，为什么经历了风雨如磐的岁月，老师依然保有一片明净的天空，一块任学术思想自由驰骋的疆土。坎坷的经历，是陆老师的不幸；但有相濡以沫、志同道合、知书识礼、善解人意、温柔贤惠的陆师母韩老师相伴，有他挚爱的音乐相伴，则是陆老师不幸中的万幸。听说韩老师是燕京大学历史系研究生，念书时的宿舍就在四院。

对过往的痛苦经历，只听他提过一次。那是一个冬日，暖气温凉，室温不高，开会时有人下意识地摸了一下暖气。陆老师立刻用很专业的术语说，可能是出了什么问题。也许是看出我们很疑惑，他解释说他曾是专职的锅炉工，在28楼的锅炉房。此外，再无一句多余的评论，他又淡定地继续先前的话题，只留下我们这些听众在唏嘘……

和陆老师"明净的天空"并存的，是他的率性直言和他的清高脱俗。他不愿屈就莫名的"制度"、"规定"、"规则"、"潜规则"，亦不愿"入乡随俗"。从小接受西方教育的陆老师，1988年终于有了去美国做访问学者的机会。当时高校公派出国，要通过设在北京语言学院的国家教委留学服务中心办手续,听说手续繁杂且办事人员态度恶劣,而陆老师是"桃花源中人"且敏感,我们不免有些担心。果然,不久以后的一次系例会上,陆老师慷慨激昂地向大家讲述他在留学服务中心遭遇到的"'文革'以后没有遇到过的挖苦、辱骂甚至捉弄",并说如果这样折腾,他都不愿出国了。于是大家赶快劝说宽慰,几个老同志当即传授实战心得……其实陆老师所言并不夸张,三年后我公派出国时也亲身经历了这个痛苦的过程。有同感的还不止我们,记得在驻德国使馆教育处,遇到一个刚从国内来的学者,诉说在留学服务中心的遭遇,在场的学者一致附和并强烈谴责,还希望在场的教育处负责人"向国内有关部门反映转达"。

之后又有几个星期没见到陆老师了。直到一天骑车穿过校园,忽见陆老师在前面疾走,遂下车问候。提及出国手续,老师气愤地说:我这是急着去找"保人",北大规定出国必须要找个保人,担保你一定要回来,还要经过公证。记得我1942年被日本人抓去,出监狱时,就要求找个保人!我连忙苦笑着劝说:这不是针对您个人的,不过是统一的手续而已……

老师的出国手续一波三折,终于办妥成行了。回国已是1991年4月。这时莫名的"规定"又一次困扰潜心书斋的陆老师。当时北大为公派出国规定了生活费标准,如果"超标",回国须上交。陆老师属于美方资助,超过学校标准,但陆老师是偕韩老师同行,一个人的费用两个人花,而且为工作方便老师在美国就买了电脑,还买了一些专业书刊和音乐资料,所以当然没有可供上交的结余了。那个年月,公派出国人员常常靠吃方便面节省生活费回国买几大件,所以无论怎样解释,有关部门"打死也不相信",还会有这样的傻子舍得动用这个钱去买什么电脑、科研资料和音乐资料。("这些东西都该是公家买的,图书馆买的,个人买,谁信?"我有一天去系里,就恰逢"有关部门"打来电话。)陆老师清高又清贫,奈何"制度",奈何喋喋不休的"追讨"!最后系里出面斡旋,又碍于"民主人士",学校"有关部门"才作罢。

1989年9月开始,北大的新生需经一年军校军训,这一规定延续了四年。1991年9月,90级学生由石家庄陆军学校回到燕园。陆老师上课,热情澎湃浓情泼墨一如既往。殊不知被个别学生反映至北大党委,说政治倾向有问题!陆老师在系会上痛心疾首地大声疾呼:"北大还是北大吗?北大的学风还要吗?民主在哪里?自由在哪里?"所幸北大有关部门明辨事理,对学生及时进行了疏导,方使这门深受学生欢迎的课能一如既往进行下去。

出国后有几年没见到陆老师,但其间有一次请他帮忙。我有两个姨婆,都是燕京大学(经济系)校友,1993年秋听说燕京校友会在1994年北大校庆日有活动,想取得联系。在没有互联网的年代,自然想到问在北大工作的我,于是我托王跃生向陆老师打听。陆老师非常热情地指点她们和燕京校友会建立了联系。

再见到陆老师,已是1994年。在他离去的前十来天中,我曾三次到校医院看望。1994年春,我回国探亲。刚由成都老家回京,住北大55楼。在校园里遇到国经系秘书何华民老师,听她说陆老师患肺癌住校医院。"快去,去晚了怕赶不及。"一听这话,我立刻骑上车向校医院飞奔。第一眼见到老师,想起一句四川话:"油干灯草尽"。幸运的是老师仍然思维清晰,不但第一眼就认出了我,叫出我的名字,问我"从德国回来啦?",而且还关心我姨婆和燕京校友会联系的事。(这事我至今感谢陆老师,我的两个姨婆仍然健在,其中在成都的那个已86岁高龄,这十几年,燕京校友联系成为她晚年生活的一大慰藉。)他说,本来燕京校友会是准备1999年八十年校庆时搞一次大活动的,但考虑到很多校友年事已高,怕等不到那时了,所以定在今年搞。我们的谈话不时被老师急促的喘气和剧烈的咳嗽打断,让我不忍心久留。出门向韩老师问情况,听说已经进食困难。我说我去买一个家用粉碎机送来,韩老师说谢谢,不用了,现在用从美国带回的一个类似的,但给打碎他也吃不下去了……过了两三天,我第二次去看他。这次他谈起音乐,说他认为最好的音响是德国产的,去年他在一个朋友家听了朋友刚买的一套德国音响,"全黑色的,那声音是真棒啊!可惜我这辈子是买不起也听不上了……"两滴泪顺着老师消瘦的面颊慢慢流下来,紧接着又是一阵剧烈的咳嗽。借着给他拿纸巾,我转过脸去,不让老师看见我的眼泪……出门我问韩老师,如果让陆老师听听音乐,他会不会舒服一点?韩老师说,放了一个 Walkman 在旁边,可他现在不停地咳嗽,根本集中不起来精神听了。这时 82 级世经的师妹、国经系同事冯晴来了,拎了一些营养品和水果,韩老师真诚地说,谢谢你们来看陆老师,不过东西请拎回去吧,因为他现在根本吃不下去了……又过了两天,我第三次去看他,他在昏睡。韩老师正好不在,听护工说,昨天就是这样昏睡。在老师床前默默地站了一会,我含泪离去。又过了一两天,噩耗传来。那是 1994 年 4 月初,他终于没有能赶上他热心盼望的五四燕京校友聚会。

告别会是在八宝山举行的,学校安排了几辆车去。可能是当时我看起来还像学生,引导的工作人员直接让我上了学生坐的那辆面包车。一问起来,有一半都不是经济学院的学生,但共同的一点是我们都是陆老师的学生、陆老师的崇拜者。套用今天的词汇,我们都是陆老师忠实的粉丝。那天去了很多人。先期到达的老师已经布置了灵堂。细心的何华民老师事先就安排好了张高波、姜岩松、我等几个以前毕业的学生送的花圈。我和陆老师的第一个研究生、我同班同学姜岩松一起,前去问候师母。何老师向我介绍站在陆老师家人旁边的一个清瘦儒雅的小伙子:"周文,陆老师的研究生,陆老师生病以后他跑前跑后,成了半个儿子。现在又在整理陆老师的著作准备出版。"告别仪式上回荡的不是通常的哀乐,而是陆老师喜欢的一首乐曲。陆老师静静地躺在鲜花丛中,经过美容师的精心修饰,不像在医院那样憔悴,胭脂使他的脸色显得健康,填充使他深陷的双颊显得丰满。他睡着了,他喜欢的乐曲伴着他离开……

后来,我听说周文师弟将陆老师的著作整理完成,又在 79 级侯嘉师兄的帮助下,在中国物价出版社出版——限于当时条件,只印了 1 000 册。然后,周师弟去美国留学了。一直对这位师弟敬佩,有哪位同学知道他的消息?

时代需要陆卓明精神！

■ 何志雄*

　　谢谢许国庆同学的安排和提示，写上一篇纪念陆卓明老师的文章。观点见仁见智，陆老师在天之灵会理解的。

　　27 年前的燕园，我们 82 世经的同学正在上大学一年级。如果现在有人问大家印象最深的老师有哪几位？毫无疑问，陆卓明老师肯定是其中一位。

　　陆卓明老师，是北京大学前世界经济系教授，燕京大学校长陆志韦之子。陆志韦先生是我国著名心理学家、语言学家、诗人和教育家。陆卓明老师从来没有讲过他父亲辉煌一生的任何事迹，也没有提过他之前的任何经历，但是我们从他的额上，就能阅读出中国悲惨的近代史，那是刻在人脸上的历史！在道德真空、物欲横流的今天，我们世经同学，都会自豪地说，我们曾经在一位真正的中国人麾下学习过，我们曾经感受到什么是气节、什么是爱国、什么是智慧、什么是品德、什么是涵养、什么是大德。

---

* 北京大学 82 级世界经济专业。

我们以谦卑的地位,仰视着如此高耸的群峰,每一位登山的同学都有自己的感受、自己的斑斓。随着我们视野的增加、阅历的扩展和境界的提高,这座座群峰正在和将要发生重大的变化。也许,只有在我们离开人世的时候或者在天堂与老师再次相遇时,我们才能真正明白陆卓明老师⋯⋯。

27 年前的陆老师,是谆谆教导我们独立思考、爱国爱民、平易近人、博大心胸、提升智慧的最好老师!

每周大概周三晚上,我们 82 世经班,都会在哲学楼的一间小教室开"小灶",聆听陆卓明老师的教导。之前,班主任马国南老师告诉我们,陆老师的课要好好听。我们入校前,陆老师也曾办讲座,并引起轰动,所以每次课我们班几乎所有同学都到齐。后来我们从系主任洪君彦老师那里知道了陆老师的背景。洪老师说,陆老师其实是他的老师,洪老师入北大研究生时,陆老师刚从燕京大学毕业,任沈志远老师的助教。沈志远老师是著名经济学家,1936 年《新经济学大纲》的作者,这本书再版 18 次、修改增补 18 次,享誉学术界。后来陆老师分配到地质地理系,并不顺利,后世界经济专业成立时,洪老师把他调回经济系。

课中陆老师经常用平静的语气,带出尖锐、前瞻又中肯的观点。内容基本记不清了,但他的小城市连成一片的特大城市论、经济特区应建在上海论等,都历历在目,并且都已在十多年后得到验证。这都令我们这些来自全国各地的同学们眼界大开。

陆老师酷爱音乐,专业修养极高。洪君彦老师开玩笑说,"文化大革命"令陆老师最不开心的是,红卫兵把他的珍贵唱片给毁了!记得当年我和我们班同学蔡金良、王化、王小卒、郭慧中、郭伟东等去陆老师家听音乐。只见围墙四周都是录音带,陆老师边听边讲解,并随手熟练取出各大名家进行比较。有一次,我和郭伟东中午到陆老师家,我们小年轻事先不知道陆老师正在睡午觉,陆老师爬起来,我俩都觉得抱歉万分,想先离开,陆老师让我们不要走,他定定神,没有一丝不高兴,开始长谈和听音乐两个多小时⋯⋯。二十年前的往事,历历在目。

二十年后的今天，当我们步入不惑之年的时候，陆老师的形象开始变得更加清晰了！陆老师变成了我们对某种心灵体验上的理想投影！一种绝对价值的不懈追求！一种宁为玉碎、不为瓦全的传统知识分子精神！一种出污泥而不染的超越！一种现在再也难以找到的最后精神贵族！

二十年后，你我都老了，六十而耳顺。可以想象，陆老师的形象，将会变成无为的先驱！上善若水，功成、名遂、身退。不求上德，是以有德。圣人之道，为而不争。细细想想，这不正是陆老师吗？

陆老师是已经到达无为的境界了！他在投入古典音乐世界时，我能想象，他的灵魂终于在音乐带出的第六感中找到了归属！中西合璧的陆老师，虽然离"无为而无所不为"的境界只差一步之遥，但是他的境界、他的德行、他的胸怀，他的单纯，在20世纪80年代的中国，能出其右者，又有多少呢？

今天，我们要学习陆卓明老师的精神，一种一说大家就明白的、现在又非常缺乏的精神，就是放下名利欲望，为工作尽心尽力的献身精神！为心中的绝对真理和世间的相对真理而呐喊的精神！为地球美好的明天而尽心的精神！为中华民族及全世界善良的人们而努力的精神！进而在"无为而无所不为"的境界中，在天地大道的配合下，克服已经出现、正在出现和将要出现的巨大天灾人祸，创造出一个我为人人、人人为我的和谐新世界的无为精神！

深切缅怀诤友陆卓明

■ 蒋　为　　徐彩莲[*]

　　陆卓明先生是我国著名的经济地理学家,是北京大学资深教授,1984 年起兼任政协海淀区委员会第二、三、四届副主席,直至 1994 年辞世。我们在与先生十年的合作共事、友好交往中,他那渊博的学识、精辟的政治见解、赤诚的爱国心、刚直不阿、心胸坦荡的品格,都给我们留下终生难忘的记忆。

　　陆教授的教学、科研工作十分繁忙,时间对他来说十分珍贵。但是,他不辱政协委员参政议政的使命,只要是政协组织的政治学习、常委会议、到基层视察调研,他都要尽可能挤时间参加,并积极建言献策。

　　记得在 20 世纪 80 年代末一次区政协常委学习会上,传达学习国务院关于大经济区建设的意见。先生运用自己关于建设大城市带的经济地理理论,深刻阐述国务院这一战略决策对发展国家经济的重大意义,表示坚决拥护。同时他又鲜明地提议,应

* 作者就职于北京市海淀区政协。

该优先开放上海这样的大城市。他说上海的工业基础雄厚,技术力量强,尤其是技术工人素质高,交通发达,又是金融和贸易中心,如果选择上海这样的大城市优先对外开放,它的起点高、发展快、效果好,对东南沿海和长江三角洲周边城市的辐射作用大,对全国改革开放的示范推动作用更强。他的发言博得与会同志的广泛赞同,反响强烈。几年后,我们在学习小平同志南巡讲话时,回顾陆教授的上述精彩发言,更加敬佩他深邃的经济战略眼光。

　　陆教授对海淀区的经济发展,尤其是对开发区的建设十分关注。1988年5月,国务院批准中关村地区成为北京市新技术产业开发试验区,从此,开发区的建设成为海淀区政协参政议政的重要议题。新技术产业开发区这一新生事物,在早期发展中有许多不尽如人意的地方,群众议论纷纷,争论很大。一次区政协常委会讨论研究开发区建设的议题,区委主要领导亲自参加,听取意见。会上,陆教授慷慨陈词,尖锐批评中关村的高科技公司不是研究开发高科技产品,而是搞倒买倒卖、投机倒把,产品假冒伪劣,群众骂"中关村电子一条街是骗子一条街"……要求政府严加管理、认真整顿。区领导对他的意见很重视,建议政协机关同志陪同先生到公司去作实地考察。他用了几天时间,参观访问了信通等几家当地知名的公司,对他的思想触动很大。他对陪同的同志说,通过这几家企业高科技迅猛发展的事实,对小平同志关于"科学技术是生产力"的论述,理解更具体深刻了。事后,他给区委领导写信,并亲自送到区委办公室,承认自己对"一条街"的看法有些偏激,同时又对如何加强开发区的领导监督,提出中肯具体的建议。陆教授那种既敢于仗义执言、又勇于修正自己观点的坦荡胸襟、正直无私的品格,令我们十分感动。

　　陆老对国家的炽热感情还表现在对贪污腐败等丑恶现象的深恶痛绝。他曾多次谈到,解放前夕,他们全家由于国民党的贪污腐败,而拒绝去台湾;钦佩共产党的清正廉洁才留下来,我们是为了追求光明而留在大陆的。改革开放以来,以权谋私、贪污腐败等丑恶现象逐步滋长蔓延,陆老看在眼里,急在心里,多次呼吁党的领导加强廉政建设,从严惩治贪污腐败、奢靡享受等歪风邪气。一次,区政协组织考察建设中的海淀图书城,负责接待的同志说,海淀周围的餐馆自己都吃遍了,今天带大家去一家最棒的餐馆用餐。对于这样的"热情接待",陆教授嗤之以鼻,悄然离开,回家气愤地对老伴说:"我们是去考察工作参政议政的,不图吃喝享受。有人用公款大吃大喝,不以为耻,还敢大肆宣扬,真是可悲!!!"尽管党和政府出台了一系列加强反腐倡廉的措施制度,但是党风和社会风气依然没有根本好转,这令先生十分失望。在他重病住院生命垂危的最后时刻,我们去医院探视,他用微弱的声音,忧心忡忡地说:改革开放使经济发展了,人民生活也提高了,但是贪污腐败看来是不可逆转了!!! 面对他的临终遗言,怎不令人潸然泪下。

陆老离开我们已经十六个春秋,但是他的音容笑貌始终萦绕在我们的脑际。十六年来,我们常常去看望他的遗孀韩维纯老师,在先生曾经工作、生活过的书房里,面对他的遗像,像他生前健在时一样,陪他聊天,纵论世界大事、国家大事,以寄托我们的哀思。

值得告慰先生在天之灵的是:十几年来,我国的改革开放已取得震惊世界的巨大成就,我们的祖国变得强大了,对国际事务有了更多的话语权;上海的经济发展尤其是浦东开发区的建设震撼着全中国,今年上海将成功举办世博会,正在向世界级的大城市方向迈进;先生始终牵挂的海淀新技术产业开发区的建设已取得骄人的成就,中关村已成为名副其实的中国硅谷,2009 年,北京市已批复海淀建设中关村国家自主创新示范区核心区,海淀正在引领中国高科技产业的发展方向,创造了一大批世界领先的技术成果,并将持续引领中国高科技产业的方向。安息吧! 陆教授!

陆教授的风骨和柔情

■ 陈世伟*

　　自 1984 年起,北京大学陆卓明教授连续被选为海淀区政协第二、三、四届副主席,历时十年之久。他不驻会,但经常出席会议参加活动。我作为区政协工作人员,有很多机会接触他,与他交谈,聆听教导。对他的知识渊博、思维敏捷、文人气质、简朴淡定,由衷敬仰。更对他直率坦诚、实事求是的禀赋品性,以及对待亲人、朋友、弱者的关爱柔情,由衷感佩。

　　陆教授刚担任区政协副主席的时候,正值中关村电子一条街起步发展的初始阶段。电子产品的技、工、贸增长不很平衡,社会上对此很不理解,颇多微词。陆教授在会上当着区委书记的面慷慨陈词,既讲社会反映,又谈个人见解。尽管情绪比较激动,但他求真务实的迫切心情博得了与会者的理解和佩服。区委书记当即表态,欢迎陆教授随时到电子一条街调查研究,请区政协给予方便条件。会后,区委书记责成我陪同陆教授在他方

---

　　* 作者就职于北京市海淀区政协。

便的时候到他想去的任何企业进行走访调查。我陪陆教授走访了两家企业，联系企业负责人向他介绍情况并接受询访。后来，陆教授跟我说不用陪了，他又独自走访了几家企业。经过分析比较和深入思考，他认为，简单地把这些新兴科技企业说成"倒爷一条街"、"骗子一条街"、"原始资本积累"，是不合适的。他说，通过调查，最大的收获是看到了什么叫"科技变成生产力"。此后，他专门给区委书记写了一封信，谈了他走访调查的收获，并对高科技企业如何发展，提出若干积极建议。

20 世纪 80 年代中期，一次区政协常委会传达上级关于北京大学学生问题的情况介绍。对于会上有的发言，陆教授表示不同看法。他说："我在北大工作了几十年，对学生最了解，北大学生不是这样的！"说完，站起身来就离开会场。我赶紧跟出去，在送他下楼和出门的路上，他说："学生问题的本质是反对腐败，我教的学生都是爱党爱国的，有人让我签名，我没有答应，我劝他们不要有过激言行。"他认为，青年学生要引导，解决问题得从"自己身上"找毛病。短短几句心语真言，让我初识了教授对沉疴积弊忧心如焚的急迫和无奈。

陆教授襟怀坦荡观点鲜明。在一次学习会上，他根据经济发展结构基本原理，提出光是确定深圳等华南城市为经济特区不够，还应当把长三角外向型经济作为重点，设立经济开发区，带动我国中部和西部经济发展。几年之后，小平同志关于确立上海浦东经济开发区的讲话，使陆教授兴奋不已，他为自己研究的理论和中央决策的根据相吻合而备受鼓舞。

陆教授是无党派爱国人士，名人后代。他说，解放前，亲眼目睹国民党腐化衰败，跟着父亲（燕京大学中方校长陆志韦）接触过不少地下共产党员，对解放区的情况有一定了解。从那时起，他们就认准了、跟定了最有希望、最有前途的中国共产党。解放后，艰苦的生活，子女赶上"读书无用"泛滥时期，加上经受"史无前例"的迫害，都没能动摇他内心的宗旨和坚信。但是，面对世风日下、学术腐败、贪污腐化等现象，他深恶痛绝又恨铁不成钢。他多么希望我们的党采取有力措施，由内而外、由上而下地治理整顿，早日见诸成效,让百姓坚定信念啊!记得,他在一次庆祝党生日的大会发言的最后说:"祝我们的党健康长寿!"听惯了"万岁"的与会者顿觉惊诧,随后的掌声中隐显出一丝淡淡的非同寻常的沉思。

20世纪80年代末到90年代初,陆教授被批准赴美专攻"区位论"等经济结构理论的学术研究。他在美国,珍惜分分秒秒宝贵时间,或找专人研究,或钻进图书馆,查阅并摘抄美国近百年来有关工农业生产的统计数据。他的夫人也紧张地帮他抄写和整理资料。一年多后,一封越洋来信寄给区政协领导,陆教授在信里讲述他赴美的收获和感受。他说,亲身感受了美国的发达和繁华,体验了学术研究的自由和先进,目睹了贫富差距两极分化的表象,所有这一切,更加增添了他对祖国、对北大、对政协同事们的思念,他天天盼望着早日完成任务回来和大家见面。老教授的爱国情怀溢于言表,字字句句感动并激励着所有熟悉他、想念他的人们。

在我的印象里,几乎没见陆教授穿过有派头的服装。常见他穿着退了色的蓝灰中山装,骑一辆破旧的自行车,开会、上课始终如一。他家住中关村,普通住宅楼里的小三居。陈旧的家具,朴素的摆设,书房里几个大书柜摆满了中外文书籍,还有那码放整齐的几百盒音乐磁带。陆教授钟爱音乐,无论是民族的、古典的,尤其喜爱西洋经典的交响乐。播放经典乐曲,他能深情讲述旋律的美妙和音乐的意境,俨然一位资深的行家里手。他写作时,会把立体音响放得很大,别人敲门一概听不见。他说,在优美交响乐的环境里,有助于他专心思考和写作。在教授的工作和生活环境里,"一心不能二用"的戒律只能望而却步。

陆教授的毅力超乎常人。他的烟瘾日耗两包不谓多,可在他赴美进入北京机场那一刻起,就戛然而止了。没有"软着陆"的过渡,更没有"找借口"的反复。陆教授回国后,北大经济学院要求他把专著整理出来准备编入《北京大学文库》,他感到无比欣慰和振奋。可谁能料到,此时他竟被确诊罹患癌症。他向医生探询诊治过程,一直坚信任务能够完成。在病房,他坚定又兴奋地竖着大拇指对我们说:"一定成功!"躺在我们面前的,是一位生命不止奋斗不息的强悍老人！

陆教授的爱心感人肺腑。他很关心普教工作，当了解到海淀区搞结构工资，中小学教师收入普遍增加，甚至超过他这样的大学教授，他感到很高兴。他说，教育是社会发展的根基，收入反映教师的社会地位。中小学带了好头，给大学教师带来了希望。他对朋友真挚又慷慨。从美国回来他带了一些彩色胶卷，当时国内此类胶卷既少又贵。在一位归侨副主席的告别仪式上，他用自己的相机照了许多彩照，表达对这位老朋友的崇敬之情。他一辈子海人不倦。他告诉我，北京大学曾经全面审查过教授们的著作和讲义，对他的结论是没有发现任何违反马克思主义的问题。可见教授学风的严谨，以及对学生、对读者极端负责的精神。有一次，我向他请教"区位论"，请他用最易懂的方式教给我。他十分耐心地用毛主席《矛盾论》和《实践论》的基本原理，给我讲解了"区位论"在研究经济地理中的重要作用。我懂得，只有严师和挚友，才会有如此亲切而认真的教态。在陆教授的心里，学生永居首位。他从美国买回的计算机，在 20 世纪 80 年代还属稀物，研究生到学校上机是计时计费的。他让研究生来家随便使用，鼓励学生通过高科技手段尽快出成果、出人才。

1990 年陆老师在美国买了第一台计算机

随着治疗的步步深入，我们数度去医院探访。几经放疗、热疗之后，陆教授已经消瘦瘫软得连嗓音都难以出声了。那一次，我们走进病房，正赶上他做完治疗。他示意让我靠近，贴着我的耳朵，嘶哑地、费力地说："最放心不下我的老伴…，家离医院太远，她身体又不好…。"我说："请教授放心！区政协领导都很关心您。无论什么时候，夫人来看您，给您送吃的，政协可以给她派车。您只管好好养病！"教授脸上掠过一丝笑意，拉着我的手说："谢谢政协！"想不到，这竟是听到教授的最后的话，见到教授的最后一面。

教授去世的噩耗，他夫人第一个打电话告诉我。我立即向领导报告并约了区委统战部苏副部长，一大早骑车到她家里，了解情况并适于安慰。我们明确表态，为便于照顾家庭，我们一定负责联系有关部门促成教授女儿的工作调动问题。过了一些时日，教授夫人特意把她力主由研究生整理出版的陆教授著作《世界经济地理结构》，送给了我，这是一件弥足珍贵的纪念物。

风骨和柔情契合相济的陆教授，睿智和执著熔铸炼就的陆教授，永远活在我们心中！

回忆陆卓明老师

■ 朱国伟*

　　我是80级世经的朱国伟,现在我还记得第一次上世界经济地理课时的情形。用现在的话说,同学们都被"雷"了一下,因为陆老师提了一个当时比较少见的、很大的双卡盒式录放机。我们多以为是讲课要用的工具,可是半小时后陆老师说今天的课讲完了,下面大家放松一下,听点交响乐,我们顿感新奇和兴奋。对于我们这些非艺术类大学生来讲,这无疑是开了一个天窗,打开了另外一个世界。于是在接下来的经济地理课中,我们渐渐知道了贝多芬、德彪西、德沃夏克和巴赫……,我们陆续听到了《欢乐颂》、《自新大陆》、《天鹅湖》等。这种在北大课堂上的意外收获至今让我们受益匪浅!以至于我能娶到中国音乐学院金铁林的学生为妻与大学受到的这种艺术熏陶不无关系!

　　听陆老师的课不会有人迟到,这在北大的四年中是较少有的,因为迟到就会没座位,听课的人是越来越多,而且大家在上

　　*　北京大学80级世界经济专业。

课前心里都会猜恻今天陆老师会介绍哪位音乐大师，又会讲点什么新奇的课题。记得有一次陆老师突然问同学们如果苏联入侵中国会从哪里突袭！于是陆老师从摊开的地图上画了东、西、中三条线逐一讲解，我们俨然成了军事院校的学生，而陆老师则成了指挥千军万马的将军，所以称陆老师是战略地理学者的确是实至名归。

陆老师也很风趣，有一次他说现在有的年轻人既崇洋媚外又没有文化，在大街上穿着号称进口布料做的写有英文商标衣服招摇过市，陆老师眼睛不好凑近一看，是写的中文拼音"HUABU"！陆老师戴高度近视眼镜而且肯定有偏光，有一次请同学起来回答问题时他看着同学 C 说：你来回答。结果同学 C 站起来后，老师又说：不对，是你，他手指同学 M。大家哑然。陆老师烟瘾很大，通常在我们欣赏音乐时他都会在门外点上一支，他的患病早逝可能也与此有点关系。

当时我们就听说，陆老师是燕京大学毕业的，而且其父是燕大校长，但陆老师从"三反"开始就是政治运动员直到 1979 年解放。听 78 级世经的师兄讲，陆老师第一次上课几乎哽咽了一堂课，泪流满面无法言语。所以陆老师是我们值得我们怀念的。

拳拳之意，赤子之心

——追忆陆卓明老师

■ 孟 扬[*]

  在我的一生中,有的老师授予的是知识,有的老师还授予文化。陆老师是后一种。

  说起来岁月已久,记不清陆老师的《世界经济地理》是必修课,还是选修课了。之所以这么说,是因为他的课是那么的与众不同,他的人又是那么的特立独行。他的讲课方式、授课内容与我们当时在校时的其他科目很不相同,内容广阔,不拘形式,不落窠臼,甚至有些不合时宜。娓娓道来,却是那么精辟、深邃。一介书生,连衣着——同学们所熟知的:一副厚厚的眼镜,一身休闲的打扮,一个大书包——都迥异于当时的教授和老师,一副不食人间烟火的样子,但这并不妨碍他成为决战于疆场的"将军",决策于帷幄之中的"军师"。老实讲,对我这个知识面不够

---

* 北京大学 80 级世界经济专业。

宽的女生来讲，他的理论似乎有些深奥了，但是我仍然为他的课着迷。现在，工作了近二十五年了，才发觉他给我的是一种比专业知识更宽阔的视野、更深厚的人文素养和更内敛的智者仁心。一个老师，能给学生知识，以及一种比单纯的知识更厚重的人生智慧，这不是文化，还能是什么呢？

毕业后留校，我有幸成为他的"同僚"。他对我们这些年青教师，仍像对他的学生那样：关怀、关心，甚至怜惜，像父亲一样。那时，国家连续几年发行国债，各单位摊派至每一职工，学校也不例外。那时是 1986、1987 年，我们青年教师的月薪不过是八、九十元，陆老师知道我们窘迫，毫不犹豫地说："系里的一份就我全买了，一次性付款，年青人太不容易了。"现在的年青人无法想象，在二十多年前的中国，这么做需要的不是经济实力，而是勇气、正义、良知。他政治上要担多大的风险啊！有谁理解、有谁肯定他那颗拳拳之意啊！

我们都知道：大学、名校非有高楼大厦也，而有大师是也。北大之所以为北大，之所以成为我们永远的"精神家园"，就是因为在校史上，我们有那些被称为"中国脊梁"的知识分子。他们有着爱国的情怀、独立的人格、顽强的毅力、渊博的学识。他们不管身处逆境还是顺境，身上永远散发着不被泯灭的人格和光辉。陆老师爱祖国、爱人民的赤子之心，在他给我们上的每一节课中，汩汩地流淌着。他从不刻意表白自己的爱国，说话的语调也很少抑扬顿挫，但只要他背着亲手绘制的地图进入教室，一上起课来，就又是另一番景象了。他没有激扬的文字，只用他那很平实语言指点江山，纵横捭阖、一言一行，无不把祖国放在心中，以有言之声，转达知识与智慧，以无言之教，教导我们什么是对国家和民族的赤子之心。这就是情怀，这就是文化，这就是人格的力量！

今天我们这些奔赴祖国和世界四面八方的学子，继承着这些优秀的品德，承担着中华民族复兴的重任，愿以我们的微薄之力告慰我们的老师，告慰我们的母校。

陆老师的生前是寂寞的，那是一种名的寂寞，高山未遇流水的寂寞，人在繁华学府而无回响的寂寞。可谁又能安慰他那颗寂寞希声、报效无门的赤子之心啊！然而,他的荣在他的身后,因为,他的拳拳之意、赤子之心,他的学生们懂了,他那德臻至境、术入无极的人格与学术,尽如春雨,化润着我们——他的学生们。他的学生们正在祖国各地、在世界各地,带着他的情怀开枝散叶。

一辈子只向真理低头

■ 任　劲*

　　我上过陆老师的课,讲的内容现在不太能回忆起来了,但还记得是我过去从没接触过的。印象中,最后的考试是要求自己写一篇小论文,记得当时我选的题目是东南亚联盟形成的原因。那时,在图书馆找了很多书籍资料,试图从地理概念上分析这些国家结盟的理由。那是我第一次学着去独立思考分析问题,并以相对严谨的方法去论证,所以至今还能记住。

　　陆老师给我留下更深印象的,是他在课余举办的音乐讲座。老先生在教室的黑板上挂出他自己绘制的年表,给大家理出古典音乐发展的历史脉络。他还从家里拿来很多磁带,会播放给大家欣赏。感兴趣的同学还可以向他借磁带,只是要求一定归还。我为数不多的音乐知识,除了来自广播、磁带和书本,更多的就是来自陆老师了。记得当时学校的这类讲座也不少,也请来了来自方方面面的音乐届人士,包括中央乐团的业内人士。

*　北京大学 81 级世界经济专业。

但是,真正给我留下深刻印象和影响的,除了卞祖善、郑晓瑛等业内大家外,就是咱们的陆老师了。

等到大学毕业时,因为当年学校不招我喜欢的专业,无奈离开去别处读研。回想起来,当时的滋味儿就像是离开了心上人,眷恋不舍。好在读研在北京,离北大也不远,于是也会偶尔回到当年熟悉的校园。记得一次傍晚时分,骑车回去,大喇叭正在播放"索尔维格之歌",忧郁的旋律触动了我,让人想起了难忘的四年青春时光。

时光荏苒,一晃已人到中年。工作后,忙碌奔波,再回母校的次数不多。算起来,也就三四次:百年校庆、毕业二十年同窗相聚等。但陆卓明老师,我未再见过。但觉得,四年的时间,北大还是给我们留下了许多一辈子也不会改变的东西。这种东西是深入骨髓的。那就是,作为一个真正的知识分子,一辈子只向真理低头。陆老师就是这样的人。

是真名士自风流

——追忆陆卓明老师

■ 郭兰云*

"妈妈,您上次说蒙古国深入东北的那一部分是叫'羊头地区'吧?"

"是啊,你问这干嘛?"

"地理课做课件。"儿子随手百度"羊头地区"。"没有啊!"

"怎么会?"我凑到屏幕前,仔细看,确实没有。

"羊头地区"是陆老师上课讲的,在我当年特感兴趣的"经济地理课"上。这门课称得上别开生面。中学时代印在脑子里的"政治经济学"被政治手段分割解体之后,只剩下了几条必然规律,不但面目皆非并且呆板可憎。而陆老师把这个经济当真落实在"经世济民"的宏大背景下,结合实例,给我们讲解国家经济布局原理——国际局势、国家战略与经济安全、资源配置……陆

* 北京大学 86 级国际经济系。

老师讲他分析前苏联入侵阿富汗有三条路线,被他言中了两条。他纤细的手指占满粉笔末,指着阿富汗地图上的山川河流,如数家珍,眼睛里闪烁着略带狡黠的智慧光芒。讲对越自卫反击战,我们的坦克沿河谷行进,途中负责空中安全的飞机因续航能力不足半途回去加油,结果地面部队受到很大损失,看得出他痛心于我们装备的落后。他讲当年中苏反目,前苏联屯重兵在蒙古国深入中国东北的一片如半岛状的区域——他称之为"羊头地区",他甚至还设想了苏军入侵的假想路线……

似乎有点跑题?当年我们少不更事,未及多想,渴求知识,只想把老师教的统统装进脑子里。现在想来,一切战争打的就是资源,而资源的有效配置,不就是经济的题中之义吗?当然,那个时代,我们国家刚刚拨乱反正,国际上四面受敌的压力有所缓解,国内经济改革事业方兴未艾。陆老师倾注给我们的,用时髦的话说,是他以世界性、前瞻性、专业性眼光关注国家经济命脉的战略布局。尽管讲给我们的似乎浅显,但那是他思考半生的心血结晶。

从陆老师身上我们看到他这一代知识分子深切关怀国家命运,智慧博学以报国家的理想与情怀。他痛恨"假大空",指斥决策者在很多决策上"好大喜功,死不认错"。他以当时正被全国媒体关注的上海宝钢为例,讲解为什么从经济地理角度讲这个工程不够合理:上海周边没有大型铁矿,建成之后只能依赖进口矿石;最致命的一点,上海宝钢选址是泥滩,地基不牢固,还没生产出来钢铁,先打下去许多钢桩稳定地基;并且运载铁矿石的大型船只不能直接靠岸,还得在外面的港口分装再运入,成本会高到不如直接进口钢材……他曾质问过参加顾问咨询的某日本专家,为什么不提建议?对方说,没办法,这是你们上面定下的政治任务……看得出,陆老师很是痛心疾首。尽管难过,他仍细心地讲为什么上海不能师以日本鹿岛川边的大型钢厂选址布局:因为那里是岩岸,可停靠万吨巨轮;因为日本经济依赖进出口,两头在外……

刚入学的年代我们正朝气蓬勃,陆老师那一代人也刚刚重返课堂再次传道授业,重燃理想的火花。

感谢时代,感谢北大,让我们受教于陆卓明老师,亲见那一代学者的风骨,也得以见证了一个风流时代的余音袅袅。

我很惭愧,没有什么值得骄傲的成绩来荣耀师长,只好把陆老师"士的精神"铭记在心,以此作为感恩吧。

回忆陆卓明老师的点滴

■ 佘京学[*]

王同学发了一封纪念陆师的邮件,附件里看到了纪念文集。我边看边想起陆老师的点点滴滴,他的形象很鲜明地从脑海中跃然而出:

背一个大塑料口袋,在校园里熙熙攘攘的人群中,急匆匆地赶路(好像不是文集中"缓步而行")。

课上讲到激动处,"须发皆张"(用词是非常准确的),真乃性情中人也,颇有古风。

至今我还对陆师阐述的区位理论等内容留有很深的印象。当然,陆师是通才,在经济地理课上,军事战略、音乐修养、国际关系等方面的内容都有所涉及,他讲课挥洒自如,尽精微,致广大。正如大家在文中所写,我等小子早年间在中学读的是教条的政经,而陆师的讲课从内容到方法、形式都着实吸引着我们,在众多老师中独树一帜,特点鲜明。

---

　* 北京大学 86 级国际经济系。现在中国通用技术集团、通用地产公司工作。

　　陆师讲,当年解放时,他预计解放军进北京城必经海淀,果然有一天于北大西门他等到了打着绑腿的解放军战士。哈哈,陆师神了(后来了解到毛主席自西柏坡进京,是先坐火车到的清华站,住在香山双清别墅)。

　　上学的年代有领导号召开发大西北,陆老师认为"简直是胡闹"。他认为西部不具备大开发所需的生产要素,同样的观点也在深圳开发问题上说到过。

　　不知陆师是否是民主党派,在当时泛"资产阶级自由化"的背景下,仍不避嫌、不畏强势地点评时事。

　　陈同学爱好音乐,带我到陆师家中,老师家四面墙壁上的架子上满是音乐磁带。昏暗的灯光下,轻飘的烟雾环绕着陆师,那稀疏的头发,孤独的身影,一直深深留在我的脑海中。

　　刚看过洪老师的"不堪回首",最近又看章诒和的"最后的贵族",感慨良多。陆老师"文革"中的境遇又是怎样的呢?

　　一个有意思的老师,一个形象鲜明的人。有时我们会想起老师的细节、片断,在这样的怀想回味中,我们每一位同学都会不可避免地受到老师或多或少的影响。他的思想、他的精神、他的趣味还有他的风格,于是就有传承,于是他就不只是活在我们的心中了。

永远的精神魅力

■ 闪伟强*

今天,我们九五届毕业生聚集在这里,等候着三年来期待已久的时刻的到来。作为研究生的一名代表,我很高兴能有机会向亲爱的母校和尊敬的师长们,由衷的道一声——谢谢!

三年的求学生涯,就要暂时地告一段落,或者永远地结束了。此时此刻,同学们,你们想到了什么?我想起了来到北大第一年时遇到的那位老先生。先生七十多岁了,面容消瘦,精神却很好,每次上课都夹着一叠他亲手绘制的各种地图,步行半个多小时从校外的家里赶到一教。课堂上,他娓娓而谈,带着我们从鲁尔工业区旅行到密克罗尼西亚群岛,途中偶尔插上那么一两段他个人的人生经历或者对于世事的机智洞察,使每一位听众都发出会心的微笑。有一次先生谈到了古典音乐。先生告诉我,由于担心早上睡过了头影响上课,他经常在上课前的头一天晚上,带上耳机欣赏一晚上的古典音乐。这使我深受感动。第

* 北京大学经济学院 92 级研究生。本文为作者在经济学院 1995 届研究生毕业典礼上的致辞。

二年,这位老先生就因病去世了,留下一堆没来得及整理完的书稿和数百张古典音乐唱片。悲怆的命运交响曲伴随他走完了漫漫的风雨人生路。这位老先生就是经济学院的陆卓明教授。

每当别人问到我,为什么北大看起来和别的学校有点不一样?我总会想起这位瘦瘦的老先生,想起他的博学,他的智慧,他的刚直不阿的人格操守,他的达观的人生态度。正是这种精神上的魅力,使得从这里走出去的每一个北大人看起来确实与众不同。今后,不论我们走到哪里,北大永远是我们精神的家园,燕园永远是我们心灵的归宿,图书馆、博雅塔、未名湖永远是我们魂思梦想的地方。

老师们,同学们,我们就要离开三年来培育我们,关心我们的母校和师长,迈入社会这个无形的大学校了。我们将以各自的方式去关心社会的福祉,追求大众的幸福,探索人生的真谛。我们相信,今天从这里走出去的每一个人,都将无愧于"北大人"这样一个光荣的称号!

老师们,同学们,让我们携起手来,把骄傲和荣誉留给过去,把梦想留给将来,脚踏实地,共创我们北大人辉煌的现在!

最后,祝愿我们的母校,兴旺发达!

遥远的绝响

——怀念经济地理学家陆卓明先生

■ 王曙光[*]

在北大二教那间简陋甚至有些破败的大教室里,满满一教室年轻的学生正在听一位老教授讲课。听他那慷慨激昂的语气,那言辞间流露出的激情,你很难相信这是一位年近七旬的老人。老人操着标准的北京话,字正腔圆,音韵铿锵,听来很是让人舒服。

这位老人正在上的课程是《世界经济地理》,他的课总是被安排在晚上。每次上课,老人总是腋下夹着两张硕大的世界地图,步履有些蹒跚地走上讲台,随即把地图挂在黑板的上方。课开始了,老先生的课总是讲得那么激情四射,搞得学生们也是激情澎湃。在讲世界经济地理的时候,他往往纵横挥阖,指点江山,纵论世界大势。老人家最擅长评论国内时政,他对时事的评

* 北京大学经济学院 90 级国际经济系国际金融专业。本文曾发表于《北京大学校刊》。

论,是那样直率而尖锐,很多观点都是我们闻所未闻的。

作为一个刚刚进入北大不久的年轻人,我第一次隐约读到了一个真正的知识分子、一个真正的读书人的内心世界。我也第一次被一个学者的言谈所深深吸引。虽然我那个时候还很幼稚,可是对这位老先生,我却似乎有一种特殊的情感。至今,很多本科时候教过我的先生,我都忘记了,可是这位老者在我的心目中却刻下了深深的烙印。

每次这位老先生的课结束后,我都会悄悄跟在他身后,默默走很长一段路,看着他有些佝偻的背影,看着他腋下夹着的大大的地图。浓重的夜色里,他蹒跚的步履显得有些沉重。我现在非常后悔,那时为什么不上前去帮老先生抱一抱地图,为什么不跟老先生攀谈一番?

这位老先生就是我国著名的经济地理学家陆卓明先生(1924—1994),可是我却再也没有机会亲近这位长者了。就在他为我们授课后不到两年,先生因病逝世。先生逝世后,我参加了他的葬礼。在葬礼上,我没有听到那种悲哀低徊的哀乐,我耳朵里回响的,响彻告别大厅的,是一种迥然不同的音乐,我不记得那是一支什么曲子①,可是那种灿烂、优美的音调,却分明显示出一个高贵的心灵对生命的最高礼赞。这是陆卓明先生的好友胡亚东先生为他挑选的曲子,亲友们在为他送行的最后一刻感受到生命的庄严、神圣与激情。

陆卓明先生1924年出生于一个知识分子家庭,从小受到了非常好的中西文化教育。他的父亲,是著名的心理学家、语言学家、诗人和教育家陆志韦先生(1894—1970)。陆志韦先生曾应司徒雷登先生之请,长期担任燕京大学校长,对燕京大学的发展起到很大的作用。陆志韦先生也是一位爱国知识分子。1941年12月,日寇占领燕京大学,并宣布燕京大学解散,同时逮捕一大批爱国知识分子,其中包括陆志韦、张东荪、赵紫宸、洪煨莲、邓之诚、侯仁之等著名学者。陆志韦先生和这些著名爱国知识分子一起,在狱中饱

① 后来才听师母说,那是柏辽兹的《安魂曲》。

受折磨，但仍旧坚贞不屈。日寇逼迫陆志韦先生写悔过书，可是陆志韦先生只写了四个字："无过可悔"，在大是大非面前，保持了民族气节，显示了中国读书人的风骨。

那个时候，陆卓明先生刚刚考入燕京大学，也参加了很多学生抗日活动。1942 年，陆卓明先生也曾经被日寇逮捕讯问。陆志韦先生以及其他前辈身上体现出来的高风亮节，对年轻的陆卓明先生影响甚大。他的爱国情怀一生不衰，他的直言敢为的性格也是一生未曾改变。

陆老师在成府槐树街 4 号门前

1948 年，陆卓明先生毕业于燕京大学经济系，毕业后留校任教。1952 年之后，陆卓明先生长期在北京大学从事世界经济地理学的教学和研究工作。从 20 世纪 50 年代初开始，陆卓明先生开始教授经济地理和区域地理等课程，并逐渐在教学过程中对西方的传统经济地理理论产生了很多疑问，进而开始了全新的学术探索。但是在很长一段时期，由于国内学术氛围的原因，他的论著很少。这一方面诚然可以归结为历史原因，但也有主观原因。这个主观原因就是，他尽管认为自己的理论是一种有价值的科学创新，但是作为一个科学工作者，他总是认为自己的理论需要更多的事实和统计数据证明才能成为定论。1981 年以后,当他的学术生活完全恢复正常之后,他先后在《北大学报》、《开发研究》、《经济科学》等学术刊物上发表《当代世界政治经济地理结构》、《现代生产力地理分布的规律与我国生产力布局的原则》、《〈资本论〉中的区位论思想》、《综合经济区划与地理空间观》等多篇重要的学术论文,对他的理论进行了初步的阐述。1989—1991 年,陆卓明先生赴美国做访问学者,期间,通过搜集大量统计材料,他进一步验证了自己的理论,并于 1991 年着手撰写他的论著《世界经济地理结构》。

在 1991 年到 1994 年这几年中,陆卓明先生为写作这部书可谓焚膏继晷、兀兀穷年。他废寝忘食地写作,而在写作之间,他还要承担沉重的教学任务。就在他为我们充满激情地授课的时候,我们不知道,他的生命已经将近走到了尽头。可以说,这部著作,是陆卓明先生毕生学术成果和科学探索的结晶和集大成之作。可是,这又是一部未完成之作。就像一首交响乐的最后一个乐章还没有写完,伟大的作曲家已经倒在他的工作台上。读着这本书的最后一页,看着没有写完的最后一章,不禁令人唏嘘。一代学人,带着遗憾告别了他的学术事业。

在为这部著作写的序言中,陈岱孙先生(1900—1997)沉痛地写道:"陆卓明教授的遗著,《世界经济地理结构》一书终于付梓了。不幸的是,在这本书定稿即将完成之时,陆教授因病逝世,不得目睹其出版了。本书不日的出版,在学术界,是值得欢迎的事情,却也增加了陆教授友生们对他的深切怀念"。对于陆卓明先生的学术成就,陈岱孙先生也给予高度评价:"本书不但建立了一套系统的崭新的世界经济地理结构的理论,并且以之密切联系我国的实际,对如何看待我国当前的生产力的分布提供了一全新的见解,对建国以来生产力的实践作了回顾与总结,对有关的重大、具体问题,如三个经济地带的划分,对外开放的阵地,欧亚大陆桥的建立,上海的重要地位等,都提出了自己独立的意见"。

事后看来,我们不能不佩服陆卓明先生的远见卓识。他所谈到的观点,大都在以后的国家建设中有所印证和体现,他的意见,大都具有前瞻性。

1985年,陆卓明先生在多个场合发表过对于西北开发的意见,认为西北是"开发障区",如果在开发过程中不注重环境保护,将带来毁灭性的后果。对于这些问题,他总是直言不讳,坦率发表自己的意见,拳拳报国之心与耿介的书生风骨洋溢于言辞间。从1984年一直到逝世,陆卓明先生一直担任北京市海淀区政协委员、副主席,积极为国家建设建言献策。

老先生性格开朗,喜欢与人交谈,有些北大经济学院的教职工至今还能回忆起与陆卓明先生交谈的情景。臧否人物,他有些口无遮拦,可是这正是他的可爱之处。他是西方古典音乐的爱好者和鉴赏家,谙熟西方音乐作品,造诣颇深。我听北大经济学院刘伟院长讲过一件事,可以说明陆先生对西方音乐的熟悉。1978年,刘伟老师与同窗好友欲参加一个知识竞赛(这是当时非常流行的一种百科知识普及活动),在所有题目之中,唯有一道题目难以索解,也没有人可问。这是一段乐谱,要答出这段音乐是哪个作家的哪部作品及哪个乐章。风闻陆先生在音乐鉴赏方面的深厚造诣,他们就到陆先生府上登门求教。陆先生看了乐谱,哼了一下,随即说出了作家与作品的名称。很多年之后,刘伟老师还记得这个场景,并在我们面前极力赞佩陆先生的音乐修养。

陆卓明先生已经逝世近十五年了。在这十五年中,我给很多朋友和学生讲过这个可爱的老人,讲他的直言,讲他的风趣,讲他的风度与风骨。现在经济学院的师生,知道陆卓明先生的人不多了,逐渐地,他或许将湮没在历史中。可是我相信他的灵魂是不朽的。在我眼前,他似乎永远迈着有些蹒跚的步子,在浓重的夜色中,腋下夹着重重的地图,走在回家的路上。他的身后,还响着他所钟爱的激昂的音乐。

陆卓明先生逝世之后,在经济学院,十五年间,再也没有人开设"世界经济地理"这门课。就像他临终所奏放的音乐一样,陆先生以及他的经济地理学,都成为了遥远的绝响。

《世界经济地理结构》与北师大 "世界地理" 教学

■ 葛岳静*

北京大学百人聚会庆祝世界经济专业暨国际经济系成立五十周年的首项纪念活动动议,是为已故教授陆卓明重版《世界经济地理结构》一书。听到此事,圈外的我,心情也是很激动的。虽然 1988 年硕士毕业后到中国科学院地理所世界地理研究室工作,1991 年回到母校北京师范大学任教"世界地理"课程至今,我一直无缘得到北京大学陆卓明先生的嫡传指导,但自从我看到《世界经济地理结构》的第一眼开始,陆老的思想、精神、故事就一直伴着这本书影响着我。

北师大的区域地理教学与研究在全国有着重要地位,20 世纪 70--80 年代,我校教师主编了长期主导区域地理四驾马车课程的教育部部颁教材《中国自然地理》、《世界自然地理》、《世界经济地理》、《中国经济地理》(参编),获得多项国家级和省部级

* 北京师范大学地理学与遥感科学学院。

的奖励。顺应当时的教学改革潮流,1991 年北师大地理系将世界自然地理和世界经济地理合并为世界地理,我也是同年开始"世界地理"教学的。以后,随着地理学新兴学科的出现、教学改革更加强调精简学时和发展学生的自主学习,世界地理课程逐渐从 12 学分,降至 6 学分、4 学分、3 学分,世界地理教学也更加强调自然地理基础上的世界经济地理教学。但是,很明显,非常有限的学时和囊括世界多尺度区域、多要素关联的"世界地理"研究与教学内容,为每一个主讲"世界地理"的教师带来了新的挑战。

探索中,我尝试着以"典型化菜系 + 专题教学"开展本科"世界地理"教学。例如,第一大"菜系"为"世界自然地理"(10 学时)。传统的世界自然地理,属于从自然看自然,教学内容是自然地理要素(包括地理位置、地形、土壤、植被、水文、气候等)的系统分析,以及区域地理环境的整体性、差异性特征。这些内容,章节结构相似,漫漫长路,形成以往 6 学分 120 学时的教学。而幸运的是,此时我看到了《世界经济地理结构》。该书第一章"自然障区、自然非障区",力图从人文视角看自然地理要素,用新的研究视角和基本概念——障区、非障区,了解自然世界两分结构的影响因素、在全球的分布,然后配合几个专题(自然非障区确定方法、人地关系中"地对人"作用的视角、人地关系中"人对地"作用的视角等),从人类对自然的利用角度,了解地球上哪些区域适宜人类活动,从更综合、更关联的角度介绍自然世界,对 Understanding the physical world 的教学目标形成一条捷径,有效地协调了学时与内容的矛盾,也培养着学生多角度、立体化的思维观。

于是,我的"世界自然地理""菜系"内的 6 盘"主菜"构建起来了:

1. 研究视角与基本概念:借鉴陆老《世界经济地理结构》分析思想和基本概念、方法。

2. 世界自然地理结构:以陆老的"自然障区、非障区"的二分法,综合先修自然地理学各要素地理,构建起世界自然地图。

3. 区域类型界定方法:以东欧平原为例,基于对区域自然地理要素的了解,用排除法确定自然非障区/自然宜农空间,然后用俄罗斯人口、城市、交通、产业等分布特征进行验证。

4. 自然条件与生产力布局：人类长期利用自然条件形成人类活动的模式、地理结构，在三角形重心区（以埃及尼罗河三角洲最为典型）、外环型结构（以澳大利亚最为典型）等模式中得到体现。

5. 自然条件与民族文化、资源观：以日本危机文明的地理基础、日本资源观、资源诅咒命题等专题，典型阐释人地关系的"人"与"地"的相互作用。

6. 区域自然地理示例：北美洲自然地理

这样的一个体系，第1、2、4节内容主要取自《世界经济地理结构》。其实，与其说这是一部教材，倒不如说这是一部包含学术底蕴、教育深情的著作。一般的优秀教材，至多可以达到实现集成创新；而陆老的著作，自成一体，独具匠心，不见地理八股，不求缛节建模，确能真正把地理学关注的自然、经济、政治、军事、人口、文化、语言、宗教等要素结为一个有机联系整体，感觉到世界经济地理是那么贴近生活，对生活有用！这在其他教材尤其是国内教材中真的难以觅见踪影，实现了教材建设中的原始创新。不难看出，不经历过风雨难能见彩虹，只有将毕生才智用于一手材料搜集、系统思考、探索创新，才能为后人留下这部惜世珍宝的大教科书。

陆卓明先生，学界后人感激您！

深切怀念陆卓明同志

■ 邬翊光*

　　陆卓明同志与我相识始于 1953 年。我在大学三年级时,调到北京大学学习俄语,准备当苏联专家的翻译。在北大突击俄语的一年期间,我与陆卓明同志相识。我们兴趣相投,都对文学、社会学、历史学等很感兴趣。我们成为朋友的最根本的原因是他为人坦诚,博学多才。之后,1955 年至 1957 年,北师大经济地理学研究班开班,我俩又同学两年,彼此交流更多。在与他交流过程中,我受益良多,他称得上是我的知心朋友和兄长。现回忆往事,我对他的印象有如下几点。

一、追求进步,坚持真理

　　陆卓明是原燕京大学校长陆志韦先生的次子,陆志韦教授是我国著名的教育家,也是一位著名的爱国知识分子。他虽然

* 北京师范大学地理学与遥感科学学院。

长期担任燕京大学校长，但在维护中国人尊严和反对国民党反动统治、反对日本侵略和汉奸投降等大是大非问题上旗帜鲜明。他在担任燕京大学校长期间，保护过很多进步教授和青年学生，对和平解放北平也作出重要贡献。陆卓明受父亲影响，也积极参加抗日活动和其他学生进步活动，其爱国进步的精神贯穿一生。

"爱抬杠"是陆卓明的特点，这是他独立思考坚持真理的性格决定的。比较突出的有如下例证。

在批判地理环境决定论的问题上，陆卓明认为宇宙间自然规律是最基本的规律。地理环境和自然条件对各国各地区是有决定影响的。马克思说：资本的母国不能产生在非洲，而是在自然条件多变化的欧洲。他认为欧洲自然条件多样，多半岛和海湾，这样的自然条件有利于商业和工业的发展。中国的自然条件与欧洲不同，地理单元比较封闭，中国长期的农耕经济和长期的封建制度就与地理环境有关。马克思、恩格斯的观点是肯定地理环境的重大作用的。

在原苏联专家柯夫斯基主持的习明纳尔课（Seminar）上，学员们开展了激烈的争论。苏联专家认可斯大林的语录：社会发展的决定性因素是生产方式，而不是地理环境，而生产力又在生产方式中起主导作用。陆卓明则认为生产力包括三个要素：生产工具、劳动对象和掌握生产工具的人。某个国家或地区的发展快慢既然是受这三个因素的影响，那么就不能说只有"人"是影响因素。他认为世界各国各地区人种虽然有差异，但是智力应该无差别，不然就是种族主义。因此不能说欧洲发达，非洲落后，是人决定的。而另外两个因素，生产工具和劳动对象，都与地理环境或自然条件有密切关系。当然，原始社会和现代社会自然条件和自然资源对生产力的影响是不同的，但恰恰是自然条件和自然资源对欧洲资本主义比对非洲有利，所以马克思说：资本的母国只能诞生在欧洲。1949 年后相当长的时期内，中国经济建设忽视了自然条件，主张"与天斗，其乐无穷"、"人定胜天"，这对中国社会经济的发展造成了巨大的损失。在这样的时期，陆卓明的观点有其道理。

陆卓明强调重视自然规律,反对在地理院系批判地理环境决定论是有独到见解的,也是需要勇气的。

在教学改革问题上,陆卓明明确反对盲目学习苏联,大搞院系调整。他说,停办燕京、辅仁、浙江大学等一批高校,将清华的文理各系并入北大各系的做法,十分有害。现在看来,他的观点是正确的。"文革"后,重新恢复清华文理各院系,恢复综合性的浙江大学等,就证明他当时观点正确,也显示了他敢于坚持真理,说真话的性格品质。

他对当时将科学简单地划分为社会科学和自然科学两类有不同的看法。他认为很多学科是相互渗透,互为支撑的,如考古学、心理学、医学等,完全分割,对教育和科学发展十分有害。老一辈自然科学家,也有高深的文科造诣,如钱伟长、华罗庚、苏步青等。著名的文学家、社会学家也有丰富的自然科学素养。他们正是文理兼长,才有科学成就的。联想到现在中学就文理分科,造成学生片面发展,卓明的意见也是有道理的。他主张还是按恩格斯的观点,将物质运动分为五种形式:力学、物理学、化学、生物学、社会学。陆卓明认为地理学包含了上述五种运动规律,这五种规律相互影响,形成了地球上不同国家和地区各种各样的地理现象。人文地理学(经济地理学)虽然受社会规律的影响很大,但也受其他运动规律的影响。只研究人文(经济)地理学,忽视自然地理学是错误的,在指导社会经济建设时更会贻害无穷。他的这种"标新立异"的观点是反映他特立独行的性格。现在我们提倡创新,提倡不唯上,不唯书本,不迷权威,主张"实践是检验真理的唯一标准"。在坚持科学发展观的新时期,就应该提倡他这种创新精神。

二、情系母校,关心朋友

陆卓明虽然在北师大经济地理研究班只有短短两年,但他对北师大一直关心,并把北师大当成他的第二母校。特别是"文革"以后,中国教育获得新生,北师大也逐步恢复正常教学科研秩序,他知道我协助周廷儒教授主持地理系的工作,便多次向我提出对北师大教学科研工作的建议。我印象比较深刻的几条是:(1)要加强学生的能力培养,"授之以鱼,不如授之以渔",多给学生创造实践的机会,如教育实践、科研项目等,不能仅教课堂上的知识。(2)应教学相长,师生互动,最好每堂课都留些时间,与学生讨论,多搞些"习明纳尔"课,培养学生的独立思考能力,也提高了学生的表达能力,这对师范大学十分必要。(3)多开设选修课,提倡跨院系选课,增加学生知识面。陆卓明本人知识渊博,他在北大向学生介绍西方古典音乐,很受学生欢迎。他认为,综合大学的优势是多学科,门类齐全,鼓励学生跨系选课,正可以开阔视野,有利提高学生的综合能力。(4)他对北师大地理系的科研成果也很关心,当看到我系出版了几期学报增刊,他很不赞成,告诫我"增刊"的文章不能作为学术成果,把文章刊在增刊上,是浪费成果。但我并不知道学术界的这种规定,就向周廷儒教授请教,周先生肯定说,"增刊"一般是纪念性文章,学术界均不把增刊文章当学术成果,果然在评定学术职称时,各大学学术委员会都不把"增刊"上的文章当学术成果,教师的学术成果档案中,也不收录增刊的文章或者目录。可见,陆卓明同志由于他父亲的熏陶,对教学科研的管理工作也很有经验,而且不吝教我这样缺乏经验的师弟。

陆卓明同志对我的身体十分关心,当知悉我在三峡考察患心脏病后,不久又要参加黄土高原综合开发治理的科研考察,两次面嘱我注意身体,并举北大两教授的教训,一再告诫我保重身体。

回顾往事,点点滴滴,历历在目,均在心间。挚友音容笑貌,犹如昨日。卓明老友,值得我终身学习。

北大东墙外有间小屋

■ 李钢林*

我说的那间小屋,就是陆卓明老师的家。

几天前,我突然接到孙珍的电话。其实,我与孙珍从未谋面,也不认识,她提到陆卓明老师,询问我是否愿意参加纪念陆老师的活动等。她的电话一下子击开了我记忆中关于陆卓明老师的文件夹,那是我心中永远删除不掉的文件夹。

人的一生会遇到很多老师,时光消磨,有的老师模糊了,有的老师还那么清晰。这或许是因为个人的记忆状况,也可能是因为老师自身的魅力。对我来说,陆卓明老师属于后者。

我想我应该去看看陆老师的那间小屋和师母。

我再去那间小屋已是陆卓明老师去世16年之后了,我最初去的时候应该是1985年前后。

2010年4月7日上午,我跟师母约好,说下午想去看看她老人家,去看看陆老师的那间小屋。师母很高兴地说来吧,还是那

* 国防大学教师。

个老地方,没搬,还是那栋老楼的三楼,还是东北角上的那间小屋子,一切都还是陆老师当年的样子,她什么都没动。

于是,我就去了。

陆卓明教授(1924—1994),生前是北大经济系的老师,讲授世界经济地理课。

记得是1985年,我作为解放军军事学院的教员去北大俄罗斯语言文学系进修,意外地选了他的课。其实,世界经济地理不是我的专业,我当时也是听同学们说的,说陆老师的课很有意思——开智,去北大进修就是为了开智嘛,于是,我就选了,并作为我学分的一部分。结果,一听就掉进去了,听了一个学期。

当时想听陆老师的课并不容易。记得每当他的课,二教103阶梯教室里都是人满为患,学生难得在其中抢个"立锥之地"不为怪,怪的是连陆老师本人也只有"立锥之地"。有时候,他都被挤到了"立地为牢"的地步——听课的学生一直围坐到讲台之上,一直围坐到陆老师的脚前,他动都动不了——这真是课堂奇观。20世纪80年代正值改革开放之初,正是人们"开智"的时候,世界是什么是当时的学生最感兴趣的。

不过,陆老师的课在当时的北大,甚至在经济系都不是主流课程,但是学生们就是爱听,就是喜欢陆老师那些形形色色的世界地图,就是乐此不疲,就是连跟自己的专业不搭界的学生也选陆老师的课——如我。

我已经记不清是怎么跟陆老师走近了的。后来,我常去他家聊天,就在我前面所说的那间小屋。

陆老师的那间小屋就在北大的东墙外,过了中关村的那条南北马路就是。

那时,赶上陆老师没课,我也没课,我就会去陆老师家。出北大南门沿路向东,穿过马路,从现在"中关村二小"的墙边插进去有个幼儿园,幼儿园大门的正对面的那个灰楼三楼就是陆老师家,单元里那间小屋约有十多平米,那是陆老师工作和休息的地方。

我也说不清是那间小屋里的什么吸引着我,反正我常去,有时是白天,有时是晚饭后。那时没手机,也没那么多讲究,说去就去了,陆老师在就聊聊,不在就走人。

陆老师很随和,也没那么多的讲究。我现在还记得陆老师当时的模样,他常常是头上戴着一个大耳机——他爱听音乐——爬在一个大圆桌上,或写东西,或画图,总在忙他的事情。我去了,他摘掉耳机,笑呵呵地招呼我围着圆桌一坐,抽烟、聊天。

他爱抽烟,满屋是烟,像生炉子似的。

当时,我们有很多共同话题,由于我在军事学院的专业是国际战略,战争与战略自然就成了我们聊天的主要话题。他关于生产力的地理分布的概念给了我很深刻的启示,我才知道,战争、战略不仅与政治相关,而且与世界生产力分布也有直接关系;世界生产力的分布式有特定规律;世界生产力是集中分布的,一群一群、一圈一圈的;战争总是跟世界上的各个经济重心区及其发展不平衡直接相关,也总是跟经济重心区之间的战略通道有关;战略是一定要在世界地图上讲的等。

我当时感到很惊奇,也很有兴趣。世界战争跟世界经济地理结构有直接关系,除了世界行政图、地形图,还可以根据经济地理结构不同而画成各式各样的地图。这真是太奇妙了。

而今回想,那间小屋给我最深刻的印象还是陆老师的那种平等精神和追求真知真理的科学精神。我们聊天时就面对面地坐着,抽着烟,山南海北,海阔天空,古今中外;平等,真诚,直来直去;或他讲我听,或我说他听;就是直说,不拐弯;对立就对立,抬杠就抬杠;在那里没有所谓"师道尊严",完全是平等的,就像是一对老朋友在讨论天上的星星有几颗一样。

我们的聊天中没有任何虚假和伪装,没有世俗的利益交换,是最纯洁的交往,最纯真的探索,留下的是追求真知和真理的快乐。

我就是在那里知道了马友友,陆老师喜欢马友友的大提琴,他还给我复制过马友友的磁带。后来,我也成了马友友的粉丝,喜欢上了马友友那把大提琴里发出的琴声,如歌如泣,如诉如泣,美妙绝伦。

……

而今再去,我想感觉陆老师的内心世界——那间小屋,应该是陆老师内心世界的物证。

我是下午去的。

那间小屋的地界而今已经被圈成一个小区了,我是从东边的一个大门进去的,从现代而喧嚣的中关村大街上突然进入这个破旧的院落,仿佛在瞬间穿越了时空隧道,一下子掉回了二十多年前,像蒙太奇的感觉。还是那栋灰楼,还是三楼东北角上的那间小屋,但一切都破败了。

我真想象不到,在中关村这么现代繁华的地界里,居然还有这么破旧的楼,陆老师的家居然还住在这座破败不堪的楼里。

门开了,师母笑盈盈地迎接我,她还是那么平和、善意和亲和,一如当年,就是老了。我们又进了那间小屋,那个原木做成的圆桌还在,我们围桌而坐,还是当年的折叠椅。

圆桌上还放着陆老师的书稿,还是用陆老师自制的牛皮纸夹夹着,一打一打地摞着。我打开翻看着,那是当年陆老师的手稿,薄而脆的稿纸已泛黄,每个字都那么工整,一丝不苟;那些地图还在,也是一打一打地摞着。

地图是陆老师的最爱,每一张地图都是他自己画的,那是一种透明纸,有八开的,十六开的,上面留下了各色的线条和涂色,线条跟印的似的。

陆老师的地图是我见过的最奇妙的地图。司空见惯的世界行政图,地形图被他拓成了各式各样的地图:世界玉米带的分布、世界城市带的分布、世界工业重心区的分布、世界战略极的分布、关于战争的和战略通道的等。一张普通的平面世界地图下面还藏着那么多东西啊。

陆老师珍爱的那些音乐磁带还在柜子里堆着,TDK 的、SONY 的,都是60 分钟一盘的。书柜里还摆着他用过的那些书。

我没有什么新发现,一切依然。这就是陆老师当年的那个物质世界,清贫、俭朴、狭小而宁静,只是陆老师不在了,屋里已经没有那浓浓的烟味了。

我跟师母坐在小屋里聊天，就像当年和陆老师聊天一样，还在那张圆桌旁。

谈到故人，总是要说到那些久远的往事，说到他人生的一些遗憾，但师母讲到的很多关于陆老师的往事对我来说依然新鲜，因为陆老师从来没当我说过关于他个人的事情，也没有为自己发过牢骚或抱怨他的人生。

师母说，这些东西放在家里将来怎么办呢？她跟经济学院商量了，他们也同意了，都送给经济学院吧，或许还有用。

陆老师晚年最大的心愿就是写完他的那本书。20 世纪 80 年代末，陆老师曾去美国克拉克大学做访问学者两年，克拉克大学是美国地理学最好的大学，师母也陪着去了，天天陪着陆老师去图书馆收集资料，天天抄。那时，陆老师踌躇满志，一心想写他的世界经济地理结构理论。当时克拉克大学要留他，结果他回来了，回来就写他的书，白天上课，晚上写书熬夜，一点也不顾自己的身体。

1989—1991 年陆老师在美国克拉克大学工作

其实，他的经济地理理论既不是苏联模式的，也不是美国模式的。陆老师总是说，干吗一定得按他们的呢？

陆老师喜欢学生,喜欢给学生上课,把上课当成天大的事情。他非常认真,乐此不疲,但那时候,他的身体就很差了。他经常是含着西洋参去学校上课的,直到有一天,他在课堂上讲课,嘴在不停地动,手在比划,学生们还在专注地听。突然,一个学生站起来对他说,陆老师,您休息吧,我们送您回去。陆老师一脸惊愕——我怎么啦?——他的嘴还在动,但已经发不出声音来了,他自己还不知道。

这是他在北大的最后一堂课。

师母还说到陆老师的父亲,燕京大学的校长陆志韦,说到陆志韦先生多年的厄运,说到陆老师年轻的时候曾因其父而被勒令退团。

陆老师得的是肺癌,发现的时候已是晚期了,他自己也知道,最后逝世于北大校医院,那是 1994 年 4 月 2 日。

陆老师临终前一天还给师母说,叫他的研究生周文第二天带着纸和笔去医院,他还有话要说,结果,第二天凌晨陆老师就走了。

临终前,陆老师大声地呼喊了三声:"再见!……再见!……再见!"终年 69 岁。

师母送我一本陆老师的遗作:《世界经济地理结构》,书没有写完,1995 年出版,这已经是陆老师去世一年多之后的事情了。

和师母谈起陆老师,心里总难免有些伤感和遗憾的。师母说,他要是能活到今天那该多好啊! 多给他几年时间,让他把他倾一生心血探索的理论写完,如果他现在还在,今年他应该是 86 岁,也不算大。

我安慰师母说,陆老师是幸福的,他一定是去天堂了,肯定!

快到堵车的时候了,我向师母告别。

我在拥挤的车流中前行,我在想陆老师,想他的人生有价值吗?

其实,我并不了解陆老师的全部,我与陆老师并无特殊关系,只是师生之谊,我也只是接触到他人生的片段,但陆老师一直使我久久难忘,究竟是他身上的什么使我怀念他呢?

我对师母说的那句话是我的实话:陆老师是幸福的,这是我真实的感觉。

我崇敬陆老师。

我经历过那个年代，我能感受到陆老师在那个他被鄙视的年代，在那个混乱激烈的风暴中心里度过的那些战战兢兢的岁月，但陆老师一直坚守着自己喜爱的世界经济地理专业，就在那间小屋里，他锲而不舍的探索、追求。没有人强迫他这样做，但他作为教授，一生都在奔向科学圣殿的崎岖道路上奔波，直到死，——能够做自己喜爱的事情，从事自己喜爱的专业，这难道不幸福吗?!

陆老师活得很真实，他对自己的人生很认真，也很负责。他不装，不哗众取宠，不务虚荣；他不为什么世俗的东西去取悦于人，包括取悦于学生；他真诚、单纯、执著；他诚挚地对待自己的事业、自己的学生、自己的理想。

我觉得在他心中有一个圣殿，那是科学圣殿、老师的圣殿，那是一个远离金钱、人情、世故的地方，是至高无上的。他一直坚守着这个信念，是那么单纯，那么坚定，这可能是最昂贵的人生价值吧。作为一个教授和学者，这难道不幸福吗?!

陆老师是爱我们的，他作为老师，热衷于与学生交流，以与学生为伍为乐。远离学生，何为师呢? 今天还有这么多学生自发自愿地纪念他，这不就是老师最大的幸福吗?!

我想，陆老师的精神世界一定要比他那间小屋宽大得多，一定要比他那间俭朴的小屋灿烂得多。他内心里一定有一个特光明的世界——我只看到了一点点。

晚上，我就把关于怀念陆卓明老师的这篇文章写完了。

在写的过程中，我的脑海里闪现出各式各样的老师形象，现在的老师形象是发展变化了，多姿多彩，但是我还是能把陆老师轻易地从他们中间区分出来，因为陆老师身上有一种特殊的人文精神——那些虚伪的东西，那些哗众取宠的东西，那些华而不实的东西，那些欺世盗名的东西，那些道听途说的东西，那些以学术的名义去换钱换官换名声的东西，都与陆老师无缘。而其他很多人,更像商人、演员。

陆老师是圣洁的——他是中国传统人文精神的知行统一者。

人生百年也不免一死,陆老师身上的人文精神应该是有价值的,是永恒的——我毫不怀疑——就像从不怀疑这个世界的光明一样。

陆老师一定是去天堂了,因为他是一位真老师。

记忆的碎片

——怀念陆卓明老师

● **洪君彦老师电话口述：**

　　我 1949 年入燕京大学时，陆老师是经济系助教，1952 年被分到地质地理系，不得志。恢复高考后，我请陆老师到经济系讲世界经济地理。陆老师学识渊博，对学生特好。书教得好，课堂气氛活跃，他的课特受欢迎。他讲课之余，给学生放古典音乐，教书育人。他在经济系教书非常愉快，开心。20 世纪 90 年代初，系里派他出国两年。

　　陆老师的父亲陆志韦，原燕京大学校长，在"文革"中受迫害致死。陆氏父子收集的古典音乐唱片也被砸碎，令陆老师心痛不已。

　　我和陆老师既是师生关系，也是同事关系，13 年。

　　陆老师性耿介，1984—1994 年在海淀政协工作期间，看不惯那时的小腐败，拒绝请客吃饭。

● 79 政经许晨

各位师长、老同学：

我是 79 政经的许晨，是北大世经大会之盛事的旁观者。今天读到吴志攀师兄的文章，想起陆老师给我们上"经济地理"时的情景，一时激动，写一些文字，表达心情：

在经济高速发展、道德急剧堕落的今天，回忆起陆老师以及我们那个年代的老师们，不禁令人感慨不已。何尝只是如志攀师兄文章所说的做教师要像陆老师，做医生、做官员……做人，陆老师都是榜样！

中国的现在，需要保八，更需要道德的回归、责任心的回归、善良的回归，陆老师的回归……

也许，中国人的精神里，缺的就是陆老师有的！

还有，让我想起宗教的力量！

感慨而已。

● 79 政经邵旦萍

看了许晨的感慨，我也深有感触。这次回北京参加相识 30 年聚会，才知道陆老师已离我们而去。在大学里我听过许多老师的课，陆老师的课是给我留下深刻印象的课之一。记得有一次课间，陆老师与我们攀谈，当他得知我是浙江吴兴人时，显得非常高兴，他要我谈谈当地的情况，并交给我一个任务，让我假期回家尽可能拍些照片，带回来给他看。他告诉我，他原籍吴兴。那年寒假，我跟我的邻居借了个相机，在吴兴这个江南小镇上到处拍，街道、河流、车站、电影院、学校，还有穿着花棉袄的大姐、扎着麻花辫的小妹、蹬着三轮的大伯、骑着单车的小伙，足足拍了有两卷。回到学校后，送给陆老师看，我记得他看的很慢、很仔细。后来，因为没有他的课，我很少见到他，但他以及他的课给我留下的印象使我至今都难以忘怀。

深深地怀念您，陆老师。

● 79 世经李谦

我在北大才上了一个学期就被扔到德国,没机会接触多少老师。我一直记住且特喜欢的就是这位教世界经济地理的老师,实事求是地说,他长得其貌不扬,声音哑哑的,语速不快,好像讲话时还有些耸肩,但我从一开始就喜欢他的课,很精彩。本来我就喜欢地理和国际政治,让他组合起来一讲,更是有趣,时间长了甚至觉得这老师越看越有特色了。从他的标准京腔,遣词造句以及低调但特立独行的做派上早能感觉出他的出身,但今天才知道他是燕大校长的儿子,他自己也是燕大的学生,而且就学时间和我爸爸是同时期的,缘分呐……等他的书出来了,肯定要买来看看。我很高兴原来还有这么多同学也都喜欢陆老师的课,他这个教师没白当!

● 79 世经杨春雷口述

只记得陆老师说臭豆腐:大约是国人带臭豆腐在莫斯科吃,受老毛子鄙视,国人说,吾国臭豆腐即贵国 Stinky Cheese 也。

春雷认为陆老师的课暗合 Jared Diamond 著《枪炮,病菌与钢铁》。

● 79 世经王耀华口述

陆老师青少年时也是衣冠楚楚,听他弹钢琴的有司徒雷登先生。"别了,司徒雷登"之后,他的衣着慢慢不合体,扣子常常系错。20 世纪 70 年代美国代表团访华成员有他在美国的表哥,约他到北京饭店见面,饭店的门卫把陆老师轰了出来,正所谓"狗眼看人低"。

● 79 世经孙珍

陆老师一定过着相当不错的精神生活。听贝多芬、肖邦、西贝柳斯、德沃夏克,亲绘世界政治、经济、军事地图,纵横捭阖。二十多年所受的委屈,所受的伤害,不改赤子之心,不改一个读书人对国家民族命运的关注。

他燃烧自己,照亮了我们。让我们不忘为人父母,为人夫妻,为人子女的责任;让我们不忘北大人的担当;让我们不忘匹夫有责,不忘兼济天下。

三十年风雨过后,他又站在我们面前。"背着一个很大的透明塑料袋,里面装的是各种地图。一边抽烟,若有所思……"

精神永存!

● 82 孙晓波"拜见陆师母小记"

2009 年 12 月 15 日(星期二),下午 3:00—5:00,我跟孙珍、姜岩松去陆卓明老师家拜见了陆师母——韩维纯老师。韩老师仍旧住在中关村 23 号楼里。那是最老的那种三层灰色板式砖楼,走进单元楼梯间,就仿佛又回到了 20 世纪 60—70 年代,粗糙的水泥楼梯,脏旧的石灰墙面,淡绿色油漆的旧木门……

韩老师开门迎接我们。我是第一次见陆师母。她个子不高,头发花白,神情平和、安详,谈吐文雅、清晰,态度谦和、亲切。84 岁高龄的她,看上去就是 75 岁左右的样子。陆老师的家几乎还是当年的样子,从直观上给人的感觉,这里的生活似乎还停留在 70 年代。我们就围坐在书房的一张硕大的圆桌旁,这是一张年代久远的老式实木圆桌,据陆老师的第一位研究生姜岩松师姐说,当年陆老师就是在这张圆桌上办公、写作的,上面堆满了各种图书资料。韩老师跟我们讲述了陆老师以及陆老师的父亲,老燕京大学校长陆志韦老先生的许多往事。看着陆老师坐在书桌旁,手持香烟,凝神沉思的照片,老师当年的音容笑貌一幕幕浮现在脑海,恍若昨日般温馨亲切。

几个小时的交谈,不觉间一晃就过去了。临别前,韩老师跟我们每个人分别拥抱告别,连声说:"我太高兴了,谢谢你们!"

(孙珍补:昨日和孙晓波、姜岩松拜访陆师母,特别提到陆老师为父亲陆志韦准备申诉材料时,食不甘味,夜不能寐的情形。材料是 1979 年 9 月交给当时方毅主持的中国科学院,追悼会是 1979 年 12 月 11 日开的,胡乔木主持,吕叔湘致悼词。还有一个小细节,师母说,当时要平反的人太多,准备四个人同时开一个追悼会,但家属不同意,最后是单独开的。

当我们问及陆师母对纪念活动的意见时,师母略显犹豫,她说不大喜欢正式的,许多领导讲话的活动。我们说这次活动完全由陆老师的学生操办,是学生们发自内心的,符合陆老师风格的活动,比如自编自演男生四重唱,老式录音机播放陆老师喜欢的古典音乐,手工布置现场等。师母听后非常高兴,说这样的活动她喜欢。)

● 陆老师发小胡蘧犀老先生电话口述陆老师:

胡老师与陆老师同岁,是当年燕东园的邻居,小学曾同班。胡老师父亲胡经甫与陆老师父亲陆志韦同为东吴大学毕业,到美国留学,又几乎同期受聘燕京大学。

胡老师说:卓明小时候不爱说话,文静,总是静静的坐在那里。他心脏不好,陆老先生注意到这个问题,特别要卓明学钢琴,以陶冶身心,这成了他一生的兴趣。

卓明学的是经济学,但没有学过微积分,有半年时间,他多次去胡老师家请他讲微积分。

卓明正直,憨厚,具有那个时代知识分子的典型特点。

陆志韦和胡经甫都不做礼拜,学生不需要学圣经,信仰自由。司徒雷登先生性情平和,会讲中文,经常在校内和老师学生攀谈,非常随便,随和。陆志韦先生对共产党抱有很大期望,他对国民党的腐败恨之入骨,曾聘用许多民主人士。胡老师早年丧母,太平洋战争爆发后,父亲滞留国外,家里没钱,胡老师在大家的帮助下完成学业。每年春节,胡老师都到位于燕东园西南角的槐树街陆先生家住几天,一同过年。她和陆老先生都是旧历年三十过生日。燕京人的穿着都很简朴,陆老先生常年长袍,西服裤,据陆师母讲,衣服都是陆老师母亲自缝制。

和这样的老先生交谈真是享受,用两个字形容她是"优雅"。当我问及她的子女,她说"勉强",大约是他们的家学阻碍了他们与时俱进。也许我们的活动可以邀请这些老先生们的二代、三代参加?

78 世经王沿：

今天的北大乃至中国还有如此高贵的传道者吗？学问在陆老师之上的会有，但在贫困生活中超然的典雅和精神的纯净，先生甚至超出元稹和苏东坡之类的玩家。我等俗人游学欧美，先生无奈坐井观天。当年有幸同 78 世经听先生的课，三载之后，却成天籁之音，如歌的行板。

深谢 79 世经的学友，让燕园还记得陆卓明这样的精神贵族。

未名湖——忆燕园内外

■ 陆卓明

（一）

自从 1927 年春季随父母从南京来到北平，我一直住在燕园里面，或是离它不远的地方。有几年在城里上学，周末和寒暑假仍回到城外家中。只有燕大停办以后三次在外地接受教育的时间较长，不过最长一次也只两年。这样六十多年、并且经历过燕京幼稚园到大学各"学段"的燕京人现在已经不多了。

早在盔甲厂时期，燕大学生中就有李大钊发展的共产党员。他们是初期的党员，在政治斗争手段上还不成熟，以致在校外一个基督教教堂举行礼拜的时候发动"五·一"暴动，呼口号散传单，投掷石灰包来反抗军阀派来的军队，结果是多人被捕。燕大的地下党支部就通过两个在校负行政责任的教授，以学校名义把被捕的学生（顺便还有他校几个学生）保释出来。这两个教授都不是共产党员，而且有一个是牧师，却都同情学生运动，似乎认为那是不必多说的天经地义的职责。如果不是当年参加暴动的一位老校友在近年提起这件事,我也不知道这两位长辈(都已在"七·七"事变以前离开燕大)曾有过这样的表现。这或许是燕大校史上已被遗忘的一件小事。

1926 年参加"三·一八"游行而在天安门前遭军阀枪杀的女学生魏士毅是第一个为祖国而献身的燕京人。那次游行是针对八个帝国主义国家向中国政府提出最后通牒而举行的。日本是八国之首,美国是八国之一,但是美国人出钱办的燕京大学教员会议和学生会却为这位烈士树立了纪念碑。这或许是出乎许多人意料的。日寇占领燕园时也没有破坏这个碑,它至今屹立在化学楼以南。就是破坏了又有什么用呢?难道历史能够任人篡改吗?

然而,对幽深燕园的更强烈冲击却是中华民族危亡的新信号——1931年日寇侵占我们的白山黑水,以及随之而来的国民党不抵抗主义,燕园从此不断出现群众性的爱国运动,外籍人员也投入了这些运动。人们固然可以试图把这些运动完全归诸日美两国的矛盾,也就把燕大的中国人说成是美国的附庸。然而国民党的不抵抗主义却不能不使这些运动越来越带有革命性质,不但中国人,而且外籍人员也逐渐倾向于共产党。燕园的中国人和外籍人员的这个转变正是在西方国家(其中包括美国)对日本的侵略采取退让的时候出现的。这倒是值得回味的。

前几年偶尔看到一篇文章。文中提到,鲁迅逝世后,北方在国民党高压之下很难找到地方为他开追悼会,却得到燕大陆校长的支持。所以北方的第一个鲁迅追悼会是在燕园举行的。也是在前几年,北京大学的一个学生告诉我,她查阅《燕京新闻》时偶然看到了陆校长保释一个共产党员的事。父亲自己从来没有说过这些,所以我在过去并不知道。这和他的"多作实事,少说空话"的性格有关。他看不惯那些"坐着黄包车去开革命会"的人。

我家还在南京的时候,他就在家里掩护过两个共产党员,躲过军阀孙传芳部队的搜捕,然后护送他们过长江到下关火车站。当时我还是个婴儿,他也从来不说这件事。直到1948年"八·一九"的上午,我护送他闯过东校门外的军警特务阻拦进入东校门后,他似乎认为我过分紧张,就说:"我在南京时保护过两个共产党员，在这种时候需要的就是勇敢！"此后直到 1979 年，那两位老党员在南昌看到为父亲开追悼会的消息后给"陆先生家属"寄来一封信，我才得知当年事情的经过，以及那两位老党员的名字。

三十年代中期的一个夏日，美国教员包贵思邀我们一家去吃晚饭。我在那里第一次见到了行踪不定的斯诺。饭前，斯诺忽然要孩子们去北屋看望一位"因病而不能到院子里来和大家一起吃饭的妈妈，但是不可以多说话"。我们遵嘱只和这位衣着俭朴、面容憔悴的妈妈说了几句上学的事情。我们不知道她是谁，只是猜想她是在农村教书回校治病的燕大毕业生。直到 1943 年，我们已被日寇赶出燕园而住在校外的时候，父亲才偶然对我说："那次见到的妈妈就是共产党领袖周恩来的夫人邓颖超，日本人不恨燕京才怪呢！"

燕大学生队伍是"一二·九"运动的主力之一。运动的两个最早的宣言出自燕大学生之手（作者不是任何党派的成员）。12 月 16 日的游行是他们带头冲开了西便门附近的铁路门，首先进入北平城。学生队伍返校后又指派专人守在钟亭，准备万一军警冲击校园，就鸣钟报警。就北方的学生运动来说，这次运动在规模、策略与保卫上都具有开创意义。就燕大自己来说，学生的战斗精神对教员与学校的进步起了重大的推动作用。我们在四十年代的燕大学生历次战斗中常常看到"一二·九"运动的影子。

除"一二·九"运动外，燕园当时的抗日运动还很少有人提到。但是我也说不清自己在幼年经历过的这些事情。记得那一场捐献飞机群众运动也打动了燕园的各方面。当我国空军驾驶新机在北平上空飞行以感谢人民支持时，还特地在燕园和清华园上空表演特技。附中和附小的学生忘了上课，跟着飞机的往返来回奔跑。当飞机低飞时，他们和驾驶员互相招手致意。

绥远抗日战役又在燕园掀起了高潮。麦风阁楼下大厅里举办了百灵庙大捷展览会。陈列品之中有抗日将士缴获日伪军战刀、轻机枪、地图、作战指令和木屐。新闻系师生找到了当时燕园中最好的收音机，在贝公楼上北端的新闻系办公室中紧张地收听消息，编写战况在办公室外的报架上公布。

但是绥远抗战仍然是孤军奋斗而终于停止了。不久后国民党又明令不准人民抗日，使燕京人的抗日心情遭受挫折，甚至感到愤恨。

我确切记得不抵抗主义再次引起了父亲的愤恨。1934年，申报馆出版了一本中国地图册，父亲把它看做中国人自己的科学成就，请东校门外的竞进书社为他抢购了一本珍藏，并要求我们"先洗手才许看"。但不久后国民党在北平的宪兵恐怖统治命令人民不得有任何抗日表现，地图册上的东三省图幅也得除掉。父亲气愤地说："剪下来也不要扔掉，将来还要贴上去。"这几张地图是后来日寇对我家施行内外监视时，我不得已才烧掉的。

另一件事使他注意到共产党。大概是在1934年夏秋之交的一天上午，一个国民党低级年轻军官来到我家。他拿出一枚苏区邮票说："特地来送给集邮家。假期只有7天，现在就赶回去。"他不报姓名，也不愿多谈。父亲把他送到院门外谈了几句又被他拦了回来。他说："军人不谈政治，不能再多说了。"父亲回到书房拿起那枚邮票凝视，没有用放大镜。那神情不是在欣赏珍品，只是说："连邮政也有了，真不容易！"他想了许多，连午饭也没有吃。

西安事变和平解决后，国民党在庐山召开各界会议，邀请燕大校长参加，父亲以交通不便为借口而婉言拒绝了。燕大内部也在分析形势而讨论学校是否南迁，结论是"不走"。这是个严肃的决定，因为日寇大举进攻华北已迫在眉睫，燕园有可能变成为孤岛，甚或被侵占。为了应付时局突变，学校大概从1936年秋天开始就逐渐储备粮食、燃料、药品和纸张等。博雅塔底层堆积了大米和面粉，最高一层则成为了望台，这座可以俯视广大地方的建筑物从此不再对外开放。原来规定各大楼的地下室为避弹室，但这些地下室都太小，有些还存有抽不尽的积水，所以把地上的第一层当作避弹室。时至1937年春暖，不必再烧暖气，燕大却继续从清华园车站旁边的煤栈买煤，把校内的露天煤仓堆得冒了尖。博雅塔南面那个小油库内外都排列着汽油桶。

燕大校友，包括1937—1941年在校的，大概很少有人知道这些储备。日寇收买的特务却看到了这些物资。尽管在此后几年中它们大部分耗光，

1941 年 12 月 8 日日寇侵占燕园时还是立即搜查这些物资,特别是汽油。日寇还怀疑未名湖底有军火库,这大概是相信了特务的虚报,后来被捕燕大师生中却有一些为此而遭到严讯。

"七·七"事变发生了。日寇连续几个月的挑衅、制造事端、抢占阵地,终于迫使我国部队反击,而这正是日寇大举进犯的借口。燕京人心情沉重地看到友校清华大学仓促南撤,并接纳了一些清华师生。7 月下旬,日寇在空袭西苑兵营以后整队开进海淀地区。他们先在魏公村屠杀藏枪不缴的中国警察,然后路过燕大西校门外向南口方向进犯。

燕园变成了一个孤岛。在可能条件下它又积蓄了一些物资,力求能够支撑下去。

日寇侵占华北以后,燕园的抗日活动不得不由公开的、群众性的转为地下的、单线联系的。司徒雷登重任校长,燕园挂起了美国国旗。在我的记忆中,燕大只在这个时期挂过美国国旗,其他时期中挂中国国旗或黄蓝两色校旗。中国人和外国人都懂得这是为了什么,这又有什么可指责的呢?! 连日寇也懂得这个在美国国旗保护下的孤岛上必有抗日活动,并掩藏着共产党员,于是在校外发动"驱英赶美"来压迫燕园,其中包括对燕园的监视、恫吓和挑衅。

"七·七"事变后的第一个学年,燕大就大幅度地扩大了招生名额来接纳沦陷区的青年,使在校学生人数第一次达到一千人左右(燕大原规划为六百余人,例如贝公楼礼堂座位原为 666 个)。当时每间宿舍床位由两个增为三个,并为此而开始使用双层床。伙食标准降低了,以减轻学生负担,各种办公费用也大幅度缩减。这是燕大校史上第一次出现的困难时期,然而燕大校歌中的"人文荟萃,中外交孚,声誉满寰中。人才辈出,服务同群,为国效荩忠"用在这个时期尤为恰当。

由于清华大学已南迁,燕大临时开设了工程预备班,以便为大后方的工科院提供本科生。这是继"医预"之后开设的又一个预备班。父亲当时对工科的兴趣特别大,并多次为此而到化学系去请教。近年我才知道,他在当时曾和肖田校友(当时是燕大工人,共产党党员)以及蔡一谔先生等五个人组织过"破坏交通队",试图爆破清华园车站附近的铁路。这表明他去化学系请教还不只是为了办"工预"。

现在大家都已经知道燕大在当时向解放区和大后方送人以及药品等事情,以及一些当事人的姓名,不必我多说。但是由于当时抗日工作的隐蔽性,还有许多事情有待于披露公布。例如,司徒雷登曾把侯仁之先生和赖普吾先生派到男生宿舍附近的单身男教员宿舍中去住。其用意不仅是在于便于辅导学生,而且在于应付日寇可能在夜间突袭男生宿舍捕人。如果不是赖先生在前几年(他最后来中国的那一次)对我谈到这件事,连侯先生自己也不知道后面那个用意。

由于单线联系,燕大一些共产党员的活动可能至今还不是其他党员所知道的。例如,我在燕大附中的一个同班同学马福生,看上去似乎是年龄较大但行为幼稚。其实他是个武功精良的地下党员。后来他在校外被伪侦缉队逮捕,铐送到西苑日本宪兵队。那是难得生还的地方,他却凭借武功越狱,逃到了解放区。

甚至在华北沦陷以前,燕园也存有这类很少为他人所知的事情。"燕京印刷所"设在蔚秀园北墙外。所长是陈先生,他的儿子陈达昆在燕大附小和我同班。一天夜里陈先生忽遭"土匪绑架"。我们几个小学生还专门为此去看望陈夫人。约半个月后陈先生被"赎回"来了。再过一些时日,他们全家和一部分印刷设备都"失踪"了。原来他们都到了解放区。

燕园变成孤岛后,燕大校车(由私商承办)是一种重要的交通工具。当时乘校车出入西直门要下车接受日伪军警检查,但外国人可以不下车,日伪军警也不能上车检查,一些燕京人和非燕京人就借此携带被日伪看做违禁品的物件。记得"天皇特派"的两个日本高级军官在北平巡视而被抗日力量暗杀后,日伪禁止任何人出入北平城,只有燕大校车仍旧能够通过西直门。

其他学校被迫开设"修身"之类的政治课,燕大以本校从不开设政治课(如宗教课、国民党的党义等)为由而拒绝开设。其他学校被迫参加游行和

"庆祝会",燕大以"路远"为借口而不参加。在城里上高中的燕园子弟被迫参加这类活动时,就希望路过燕大校车在青年会和西单的停车站,以便登车而逃离游行队伍。

燕大也有一些公开的抗日活动。教员在课堂上针对日伪的抨击以及借题发挥是其中的一部分。燕大学生冯树功在校外惨遭日本军车撞死后,燕大校方为他开追悼会。父亲在会上当着日军代表所作的讲话,后来被日寇当做判他"抗日罪"的证据。

日寇对这个抗日阵地的办法之一是派遣特务和进行监视。他们收买了几个燕大工人(这是我在近年才知道的),燕京人就对他们进行反监视,记得曾有一个中年妇女试图打进临湖轩,由于手法极其拙劣,当即被司徒雷登发现而被赶走。

日寇要求燕大接受日本教员,以监视燕园,司徒雷登就凭借自己的国际联系,从日本聘请了鸟居龙藏先生。他是一个考古学家,不愿听日寇的指令,记得有一次日军司令部派车到燕东园 32 号来接他进城,他迟迟不肯动身。我们看到他被两个日本兵挟持出门时还在大声斥责日军。抗战胜利后燕大继续聘请他任教,直到解放后的"三反"运动时期,他才被迫返回日本。

但是,司徒雷登也不得不按日寇意图聘请萧正谊为他的私人秘书。这个人本是燕大学生,自称是福建人,日语精良而普通话很差劲。他常常拜访我家,我们起初认为是燕大师生的正常关系。但是有一天他拿出一张全家合照给我母亲看,全家都穿和服。母亲感到这个人有问题,就不许他再来我家了。司徒雷登也认为他是日本人却不得不聘他为日文秘书,因为不通过他,燕大什么事情也无法与日寇交涉。后来,日寇封闭燕大时,也把萧正谊抓进监狱来蒙蔽燕京人。日寇投降后,他又试图回到燕大,被司徒雷登拒绝,解放后被共产党发现他的底细,抓去枪决了。

燕大在三十年代的贡献之一是抢救中国古籍。当中国古书在这个文化古都被人当做烂纸论斤卖的时候,燕大图书馆在校方支持下收购了许多文物。许多教职员为收购、评估、考证这些东西作出了贡献,使得燕大图书馆在这方面的收藏在全国居于第二位,仅次于北京图书馆。这个后来被称为有不少善本、珍品,还有些为我们外交工作提供了重要依据。

（二）

1941 年 12 月 8 日晨,日寇在西苑宪兵队长桦田率领下按预定路线突然进袭时,燕京人完全是措手不及。只有住在临湖轩守着电台的林迈可及早得到了战争爆发的消息。他急忙带着夫人李效黎以及班威廉夫妇驾汽车奔向解放区。日本宪兵扑到临湖轩时,电台和密码已被毁,林迈可等 4 人已在望儿山附近由八路军接应进山了。日寇只抓到了被抛弃的汽车。

在燕园,日寇一方面驱逐燕京人出校园,一方面把他们要逮捕的燕大师生集中到贝公楼。日寇要家属送衣物食品,说是把人带到城里去"谈一谈就送回来,不要怕。日本的敌人是美国,不是中国"。

但是被捕的人一直到半年以后才陆续出狱。他们在狱中的情况,邓之诚师已在《南冠纪事》中写了许多,有些经历的人可以作更好的补充。父亲很少说这件事。

燕京被日寇占领后,我家起初仍住在燕东园。这时母亲一方面要设法买点食品探监(只许送食品和洗换衣物,不得见人),一方面又要应付日寇催促搬家。当时在校外租房很难,一是没有钱付房租,二是谁家有房也不敢租给"抗日犯"的家属。日寇乘机暗示说:"如果你丈夫表现好,可以不搬家。"母亲说:"我们要搬,只是现在天气太冷,搬出去没有钱买火炉,也没有钱买煤!"后来幸有校友张鸿钧(早已离开燕大)的夫人答应把槐树街四号那个四合院租给我们。房租不高,后来随物价猛涨就变成只是象征性的了。所以要付房租,只是为了应付日寇,免得张夫人有支持抗日犯的嫌疑。

记得搬家是在 3 月。张象乾同学不怕嫌疑和卓如一起出城来协助。他的眼光很敏锐,说:"你们以后说话不要像在燕京那样随便,门外大概就有特务。"不久我们就注意到了门外的小贩,附近的孩子们也说其中有两人在过去从来也没有见过。我们靠卖旧物过活,就有收破烂的强行进门来东张西望。

到了 4 月,母亲发现探监取回的衣服上有血迹,就到城内德国医院(编者按:即是道济医院)院长郭德隆(曾任燕大校医)那里请求帮助。郭院长检查衣物后断定是病危,就自行决定由德国医院出面担保"监外就医",先救性命再说。经日寇同意后,郭院长又通过燕大校董王子文先生通知我们去接父亲出狱。

到了 5 月预定出狱的那天,李荣芳夫人赶来陪同我母亲和我到城内日本陆军监狱去接父亲。监狱南大门外面的那条宽胡同大白天也是人迹罕至。除胡同居民外,谁也不愿意走这条路。

父亲是由日寇用人力车从监狱里面拉出来的,人已经不像样了。他说:"想不到还能见到你们!你们都好么?"母亲和我难过得一句话也说不出来,又不肯在日寇面前哭,强忍着眼泪。李师母忙说:"大家都好,都好,现在接你去医院。"我们这一行默默地向西走了,前往德国医院。

经过医院抢救,父亲脱离了危险,但是仍在监视之下,除家人外都不得去探望。一天日本宪兵又到医院去询问病情,母亲说:"病人已经这个样子了,还要回监狱吗?"不料宪兵竟平和地说:"回家去,等候判决!"我们当时还不知道日寇已经准备对燕京人施展另一种计谋,就是诱迫他们当汉奸,燕大校长则是施展这种计谋的首要目标。但是日本人的算盘又打错了。半年的审讯监禁未能迫使他们屈膝,此后的诱骗也不能使他们投降。

1942 年夏燕京人第二次被捕。被捕的前一个月内,我两次送林绮云老师回城,都发现有一个穿黑大褂的特务骑车尾随。成府喜羊胡同西口的一个摆货摊的特务在我路过时也加紧"攀谈"。捕人前两天,槐树街又出现了一个过去从来没有来过的小贩卖豆腐。他身强力壮,挑担也不像样子,一看就是特务。由于我家一直处在特务监视下,所以我以为这些只是例行的跟踪和站岗,只是提醒家里和林绮云说有新变动。

捕人那天上午约 8 时半我到曹雁行家(在蒋家胡同)去下棋。一出门,豆腐贩子就挑起担子跟着我走到蒋家胡同东口,并一路大声吆喝。当我和雁行在他家南屋(燕大封闭后,沈酒璋和徐献瑜两位老师住在那里)下棋时,一群特务冲进院中,用手枪把沈、徐两老师、雁行和我以及王厨师等5人逼到北屋檐下上了手铐,随即把我们押到成府街伪警派出所。不久后我父亲也被押到那里,我才知道家里也遭到了特务袭击。

到了下午,特务们又用一辆伪装成公共汽车的警车把我们带到海淀伪警分局,连同在海淀被捕之人(我现在只记得其中有祁牧师的儿子祁恩光)一起送到城内伪警察局特务科。

在特务科,城内外被捕的人环坐在一个四合院的屋檐下,看到了特务们更凶残的形象。有个胖大的特务(后来听说他的外号叫"高大肚",以特别凶狠而深得日寇赏识)进进出出各屋,指挥对他案难友的刑讯。居然还有一个女特务抱着孩子,在难友们的惨呼声中嘻嘻地跟在高大肚身后,说什么:"得啦,别打啦,该吃饭啦!"

这时那个曾经跟踪我和林绮云的黑衣特务走过来给我下了手铐,命令我上厕所去。走在路上无人处,他严厉地对我说:"一切听我的命令!"可是我又不懂他为什么把声音压得那样低。

到了晚上,我们这一批被捕的人大都未经审讯就被分别押进看守所的几个牢房。我进的那个大牢房左右两侧都装有木笼,他案难友关在里面,燕京人挤在木笼之间靠墙的一个火炕上。与木笼中难友相比。我们已经算是受到宽待了。不久后左侧木笼中的一位难友轻声问我为什么被捕,我说不知道,因为我的确不知道我们的具体"罪名"是什么。他说:"看样子也许是政治犯;那就不好办了,托门路也出不去。"我这时才懂得"政治犯"有优待,无生路;"刑事犯"更受熬煎,但还有可能出狱。这就是为什么在营救革命者时,总要设法买通警特,把他们说成是"小偷"。

夜间各种寄生虫咬得我无法入睡,朦胧之中听到外面有一阵弦动,不知出了什么事。后来才知道有一个他案难友越狱。

第二天早上先后有几个他案难友被提审,同笼难友总是拿自己的洗换衣服给他们穿上送行,因为多穿一层受刑痛苦可稍轻一些。木笼中的一个难友轻声嘱咐我们说:"不管饭食多么坏,也不能不吃不喝,不然挺不住刑。你们这些念书的就爱赌这口气,可赌不得。还有,说什么也不能承认自己是共产党!"被提审的人大都是惨遭刑讯后被伪警架回来的。难友们就把偷着藏起来的窝头掰成小块喂给他们吃,并不顾伪警叱责替他们要水喝。不到一天,我就深深感到了同胞们的情义。

另一个牢房的一个难友于前晚越狱时摔坏了腿,被伪警抓回来在院中当众被折磨得半死——专折磨他受伤的腿。一个难友对我说他的家人本来已经卖东西和借钱求情,特务已答应今天放他出去,他却在夜间越狱,必是已被折磨疯了,说:"出狱后还不起债啊!"

太阳偏西的时候,黑衣特务来提我。不知哪位难友在我身后说:"挺住!"我就带着这种心情去应付审讯了。到了特务科,黑衣特务要我看一个他案难友受刑,然后厉声对我说:"你要知道特务科的厉害,问你什么答什么,不问不许说!"他一边问,一边用毛笔做记录,并两次打断我答话,说:"没问你这个!"最后他命令我"仔细看记录"。记录第一页右上角一个方框中写着"共党嫌疑"。那是最严重的"罪行"了。可是总共两三页的大字记录中,既无他所问,又无我所答,全是编造的,什么共党嫌疑也没有。

我正感到不解,他就强迫我按手印,要我找铺保。他说:"放你走,懂吗?"我想来想去只有燕大校董王子文先生可作铺保,黑衣特务就押我到看守所取回眼镜、腰带和鞋带(那是"犯人"可能用来自杀的东西)去王先生家了。在电车上,乘客都惊恐地躲开了我们。到了王先生家他宣读了三项保证条件,其中有"不得离开北京"一条。

第二天一早我赶出城,到家时母亲正在万分着急,因为父子二人同时被捕已经是很难营救了,何况又出现了两件更危险的事情:

一是捕人的那一天,先有两个特务从邻院翻墙而入。母亲正在院中晒衣服,看到其中一人奔向院门去开门,另一个直奔东屋进去搜查,旋即返身出来堵着东屋门口不走。当一群特务从大门冲进院中时,那个特务就说:

"里面看过了。"东屋是堆房,里面藏有无线电零件,查出来有"通匪"之罪。母亲看到这种情况认为是"逃不过了"。可是那个特务一直站在那里,学其他特务查遍各屋并把我父亲带走后,他对我母亲说:"里面那些东西收一收。"显然特务们事先已察觉我们有无线电零件,但又不拿走这些"罪证"。

另一件事是:我们被捕的第二天,日本宪兵队派人来到我家,要我父亲隔两天去听判决。母亲说人已被警察抓走,宪兵就写了一个条子,要我母亲带着条子到警察局要人。母亲认为,把这两天发生的事情加到父亲的"罪行"上去,就有可能判处死刑。

到了听判那一天,母亲先到警察局要人,然后到日本宪兵队听宣判。西苑日本宪兵队长桦田参加了宣判,判处徒刑两年,缓刑三年(记不清了)。显然第二次被捕和查出违禁品的事都没算账。宣判后桦田单独和我父亲谈话,他拿出一个信封给我父亲看,说:"我是保护你的!"那是父亲托林迈可向解放区送款时用的,不知怎么会落到日寇手里。显然两年徒刑并加缓刑也没有把这个"罪行"算在里面。

父母回到家中后和我一起核对分析这五天的经历。母亲和我认为是幸运,甚至猜想有人藏在敌人中间暗中保护我们。父亲想了想说:"或许有可能,不过我看这里面有戏。"他没有猜错。

果然有戏,这出戏由桦田导演并担任主角,采用的方法是监视与诱降。

从德国医院回家的第二天,那个名叫桦田的日本人就带着杨翻译和两个宪兵到槐树街四号来检查。当时伪警与保甲长之类闻讯也赶来听候宪兵队长吩咐。检查后,桦田当我们的面命令那类汉奸对我家严加看管,完全不理睬我们。

宣判后,桦田大约每三四个星期带杨翻译来"拜访"一次,依然摆着监视的架势,只是方法缓和了一些。他的手法是要父亲和他下围棋,对弈之中突然发问,指望父亲防备不及说出桦田需要的东西来。其实这是日寇惯用的一种心理战术。

第一次发问是:"您对时局有什么看法?"父亲没有料到这种突袭,愣了一下说："我这里什么消息也没有，不知时局如何。"桦田感到了自己的优势，得意地笑出声来。杨翻译立即缓和气氛说："没什么，没什么，随便问问，您不要放在心上。"

几个月后卓如到成都去了。他走后几天桦田就来了。下棋时他突然问："您的大少爷哪里去了？"父亲已有准备，就说："我现在没有收入，他自己谋生去了，不知到哪里去了。"桦田却摆出容忍的姿态说："您放心，他已经安全地过了界首。"（安徽界首是当时大后方与沦陷区之间的一个可以通行的关口，有不少燕京人经过这里前往成都。）父亲知道已无法隐瞒就反击说："那么全在你们监视之下啰！"桦田却乘机进一步表示宽松说："哪里，哪里，外边的不是已经撤掉了么！"随即转向杨翻译说："你再查一查，我不许他们（大概是指伪警特务）管我的事情。"这也等于是他承认了对我家的监视，但是我们也无法断定外面是否还有监视哨。

有一次另一个杨翻译（外号小杨翻译）来勒索我家，桦田得知后竟来道歉："这样对待一个爱国者真是不可饶恕，我们已经处分他。"此后小杨翻译再也没有来过，但我们听说桦田并没有处分他，看来这又是在演戏，连恭维的话也说出来了。不久后的一天，我正在院中晒玉米，往外挑沙子和虫子。桦田来了，他顺势说："太苦啦，这可不好啊！"同情的话也说出来了。

至于监视，外面的岗哨也可能是减少了，桦田却向我们家里派了一个特务。这个人自称叫做"曲则全"，大概是暗示父亲"委曲求全"。日寇曾把他投入监狱，与父亲同囚一室。父亲病中曾受到他的扶持，所以没有料到他是特务。这时他自称被日寇释放后进入辅仁大学，并且认识我（我当时在辅仁附中）。但是我有一次回家碰到他，他就说："我认识你，但是你不认识我。"这就引起了我们的怀疑。一天我母亲发现他搜查父亲的书桌，并偷看信件，就断定他是特务。但是我们无法赶他走，他仍以"难友"的身份来访，并向父亲请教"人生问题"，自以为做得很成功。

大概是在 1943 年夏秋之交，桦田又进了一步。他突发感慨地说："我是既爱日本又爱中国。日本人来中国打仗本来是为了抢救中国，现在看来是错了。现在要靠您来帮助我实现我的心愿了！"他没有说下去，父亲就转过来对杨翻译说："那么你是既爱中国又爱日本啰！"杨被刺得低下头去说："有愧，有愧。"

过了几天杨翻译单独来说："桦田先生请您去吃饭，以表示敬意。"再过两天杨翻译的太太也来了，她对我母亲说："如果师母不放心，可一起去。"父亲认为这将是摊牌，戏要演完了，迟早有这么一天，就决定去。他和母亲与我一起商量日后如何带领弟弟妹妹，认为最好是由我带他们到成都去。但是在特务监视下，如果父母被害，子女当然也跑不了，何况我还得对保人王伯父负责。

到了那一天，我们和几个邻居在门外默默地送我父母上路，母亲多次回过头来向我们挥手告别。直到晚上9点钟，他们仍旧没有回来。我正想去找沈迺璋先生商量，桦田却派汽车把我父母送回来了。父亲面色沉重地说："他们暗示我当汉奸，我不答应，桦田要我回来考虑。他们瞎了眼，事情还没有完。"

但是桦田很久没有来催，原来他还有更远的考虑。曲则全却在久不露面以后突然来到我家。他公然说："我本是奉命来监视您的，看到您如此爱国，我知道自己错了。我要走了，今后不来了。"父亲认为他已悔过，就说"青年人应该爱国，今后再也不要做不利于中国的事情。你快走吧！"

事隔三天桦田就来了，他过去从来没有说到曲则全，这时却板着面孔吼道："有曲则全这么个人来过吗？"父亲知道他是明知故问，却又不知道桦田生气是由于曲真的逃走了，还是曲向他汇报了我父亲对曲的劝告，就模棱两可地说："有，他完全照你的指挥行事，也没有勒索我们。"桦田听完返身就走，没有谈任伪职的事。此后曲则全再也没有来过，不知他的下落如何？

此后到日寇在太平洋战场接连打败仗的时候，桦田才露面一次。他说："您不愿意做官，我不能勉强，令郎屋里墙上那张地图上做了许多符号。想来您是知道战局的，请今后在中国、日本、美国三国之间做些事情吧！"显然，日寇在为自己留后路了。父亲不理这些话，反而另找话题来抵挡说："我自己都没有自由,他们还在监视我!"桦田许久没有说话,慢慢起身叹口气走了。他再也没有来过。

记得大概是在1944年春荒的时候,粮食特别稀少,伪北京市长刘玉书宣称要发给每个燕京人两袋玉米,只要写收条就行。这当然是用饥饿来诱骗燕京人。父亲听到这消息就说:"这是要用两袋玉米把燕京人挂在汉奸名单上!"他立即骑车进城去提醒燕京人不要上当。第三天晚上他回来时很高兴,因为只有一个燕京人不明真相去领了,经劝说已退了回去。

共产党要刘仁树、费璐璐夫妇用他们两人的钱支持燕京人,以缓解燕京人的燃眉之急。

刘先生多次往返解放区与沦陷区之间,以经商来为解放区取得物资。记得他有一次从解放区回来后来到我家,晚上给我们唱解放区的歌,其中有《兄妹开荒》和苏联新国歌。此外他还买了零件要我弟弟瑶海制造一台发报机给地下党使用。后来他考虑到发报容易被日寇发现,就叫瑶海停止制造了。未用的零件又藏在我家东屋。费璐璐还在那里藏过准备送到解放区的药品。自从特务发现那排东屋藏过无线电零件以后,我们这样做自然是很危险的。我们盘算则是特务会认为我们即使藏东西也不会再藏在那里了。那是个令人紧张的时期,有一次刘仁树先生刚走,曲则全就来了。

我转入辅仁大学后,伪警察局特务科的特务李某多次来我住的宿舍"看看",高大肚也来过一次。他们都是第二次逮捕燕京人时的打手。李特务来时总是先说:"你别害怕,我不抓你。"同屋学生则来得及走避的都走避。

那时同屋学生李泽先(生物系三年级,年龄较大)是很穷的学生,有时连饭费都交不上,平时不大说话。有一次李特务来了,李泽先走避不及就蒙被装睡。特务问我:"他怎么啦?"我没好气地乱说:"没钱吃饭饿病了。"特务说:"我给你钱,你给他买药去。"我又乱说:"已经买了了,不要你的钱。"特务狞笑说:"你们伙食吃得怎么样?总比看守所里吃得好吧!"事后我发现自己说错了话,因为学生穷就有可能被日伪怀疑是共产党。但是李泽先并没有怪我。

那个时候学校伙食虽然比囚犯吃的窝头和蒸锅水好,常常也只是窝头(有时是发霉玉米面做的)和带虫子的白菜汤。一个爱好运动的学生就由于营养不足,从单杠上掉下来摔成重伤。

1945 年春季,妙峰山娘娘庙进香的时候,李泽先问我:"生物系有人去妙峰山,你去不去?你要去就在后天早上到大学西围墙(铁栏)外集合。我有实验,不能去。"旅行是燕京人的爱好,我当然想去那个久已闻名的遥远的地方(遥远,是指当时的交通条件说的,燕京人绝大多数没有去过那个胜地),完全不知道这次旅行别有目的。

集合时除一个从辅仁附中转入大学的会说日语的陈同学外,其他约二十人我都不认识。他们彼此之间好像也不大认识。有人推举一个青年助教(如果我没有记错的话)当队长,大家就同意了。不久后男附中的郎神甫也赶来了,说是帮助我们沿途应付日军盘查。

我们一行迎着强烈的西北风,骑自行车一路经过海淀,望儿山脚下,直到白家疃天主堂才下车休息,喝水吃东西。这时队长叫我不要再冲在前面了。我怕他们嫌我身体瘦弱,把我打发回去,所以上路后仍旧冲在前,自称有长途骑车经验,可以给别人迎风开路(大雁的本领)。快到温泉时,郎神甫赶了上来,生气地叫我站住,他和陈某到前面去和日军打交道。那时我还不知道温泉是日军的重要据点,过温泉就是日军与八路军两不管的"中间地带"。

我们一行进入温泉围墙东门时无人阻拦,但是不久就有一群日军拉着军犬端着上了刺刀的步枪从路北一个大院(现已改建为工读学校)里大喊大叫地冲出来威吓我们。幸有郎陈二人应付,我们经过一次检查就过了关。但是我们也看到了被日寇杀害的香客的尸体扔在路南的小山坡上(用以示众)。这是日寇惯用的手法:威吓再加使人无路可退的突然袭击。可以想见,如果我们要跑,那围墙东门一定出不去。

晚上住在西山东麓的天主教普照院(原是佛教的普照寺),由德国人满神甫接待。大家经过一天奔波都很累,但是初升的半月和满院玫瑰花香诱人，就三三两两地在院中漫步，掩饰自己与日寇遭遇的心境，以反对这两不管地方的种种猜想。这时有人在暗中来到我身旁说："明天翻山去娘娘庙，路上如有人盘问就说是从满神甫那里来的。"这就更让我感到此行奇特，并猜想满神甫是个"中间人"。但是解放区在哪里，我还是不知道，也不好问。

第二天破晓出发，从鹰嘴石南面翻过山脊时天已大亮。下坡时我又走在前面，不久就有一个中年人拿着棍子从大石头后面闪出来厉声盘问："从哪里来的？有没有武器？"中午以前到达谷底，然后迎着玫瑰花香上坡，前往娘娘庙。直到遇见儿童团盘问，我才知道是到了解放区。八路军前来迎接我们说："昨天晚上已经知道你们来啦！"他们的武器很少，对我们十分友善。直到 1966 年我在清水河谷听到过去的老区斗争史时，才懂得用这样的武器与日寇周旋是那么艰苦。

娘娘庙大殿和配殿已被日寇"扫荡"烧毁，院墙上贴着由张苏和张鼎丞签署的保护庙宇的布告。这已是庙会晚期，院内没有香客，却仍有香火气味弥漫。八路军在院中空地上和我们席地座谈，和小米汤当茶招待我们，宣传宗教政策。郎神甫显然是护送我们来的，这时却保持他的戒律，坐得远远的，不和反对上帝的共产党人交谈。

不久后八路军带着几个同学去厕所了，我们这边几个人也要去，八路军却带我们去另一个厕所（实际上是野地）。下午三时左右我们动身往回走，翻过山脊不久天就黑了，满神甫派人打了火把来迎接我们。饭后又是月下漫步，大家都在想着什么，默默不语。队长在暗中传话："这次是无意之中到了解放区，大家回去可什么也不要说！"这时有几个同学觉得我们这一队好像少了一个人，要打火把去找。另一个同学却说已经点过了，都回来了。不知谁又在暗中巡点了一次，仍旧说是都回来了。我们大都不曾点过人数，不知我们这一行到底有多少人，只有听别人争论。我听着听着，忽然悟出这是什么事情，也不便说出来！

第二天早上出发前，队长又及时提醒大家说："如果谁带了解放区的东西，务必在这里放下再走。"这是非常重要的关照，因为我们还得过温泉那个鬼门关,但是没有人回答。于是大家上车鱼贯出发了。经过连日奔走,我已无力再打先锋,只好走在后面,队长和另外三四个同学在我后面压阵。

不料来到温泉西大门不远的地方,我后面的一个同学忽然发慌了。原来他带了解放区的画报,现在已在日寇岗楼监视下,想扔也办不到了。我就下车装作自行车坏了,想让大家有个机会研究对策。队长却挥手让我向前移了几位,又把带画报的同学叫到最后面。我们的行动很快,好像未曾停顿似的,冒险闯关。

进入温泉西大门仍未受阻拦,我们又进入了虎口。尽管有郎、陈二人(他们不知道后面发生的事情)在前面指手画脚地与日寇"说好话",但是日寇坚持要我们下去排队一个个地搜查。幸亏日寇检查过我以后就挥手大声喊:"统统地走!"我们就这样在无意之中把一个同学掩护到了解放区,并混过了鬼门关。我至今佩服那几个同学的机智,但是那个出于激情而带画报的"革命行动"实在是不可取,那是不必要地拿自己和同伴的生命当儿戏。

我在漏斗桥离开队伍回家,大家关照我说:"别忘了约定!"回到家中,父亲看我那个疲劳的样子就问:"没上学吧,哪里去了?"我就说到了妙峰山。他吃惊地看着我,因为那时我家已和地下党有联系,他必然知道那里是解放区。但是他若有所悟地点了点头,没有问下去。他懂得这是不能细问的。

第三天我回到辅仁大学宿舍时,李泽先迎面就说:"后来跑不动啦?! 看见什么啦?"我说:"给娘娘磕头啦!"他笑着说:"小家伙真行!"我想他必然知道此行的目的。在这次行去中,我和许多同学只不过是冒了险的陪衬,可是革命就是由无数人民的牺牲和支持来完成的。中国知识分子不就是属于亿万人民嘛!

我至今怀念这次旅行,并且总是在春季建议北大学生到妙峰山去跑一跑,即使是占用排给我的课时,然后由我给他们补课也行。现在当然没有当年那种危险可冒了,路途也好走得多了,可是骑车与徒步旅行总是能够培养人们的克服困难、团结互助的精神。这总比在没完没了的迪斯科舞会上消磨精力、解除苦闷强之百倍。

　　燕大的旅游风，尤其是那种漫山遍野的跋涉，很值得在现在的学校中推广。旅游如果能够观看名胜古迹固然很好，然而不求惬意、自找麻烦的漫游更能锻炼青年的意志。使他们更加认识现实。

　　我在1949年年初的寒假中也找过一次麻烦。一天下午我忽然想骑车到西郊农村里去看看农民怎样准备过节。可是从燕园经颐和园、香山直到门头沟，既没有去看风景，也没有遇到喜庆的气氛。夜色降临时，我敲开了门头沟一个小饭铺的门，求老板说："给做点吃的吧，我可没带多少钱。"他端详着我问："你从哪儿来的，干什么？"我说："从燕京大学来的，随便玩儿，等会儿骑车回去。"他变得严肃起来："你们学生还这么乱走，叫人家当土匪抓起来怎么办？我给你熬窝头，不给钱也行，留着钱买车票回西直门吧？还有一班车，快吃，走黑路叫人家开枪打可不是玩儿的！"吃完就去买车票，可钱也不够。站长出了个主意："你算是行李，行李票便宜。"于是我就和自行车一起变成了一个物品，上了闷子车，回到西直门。西直门的路警笑了："赶情行李也能自己走路。"可是我没笑："赶情环境是这么紧张。"

　　燕京人的旅游给我留下了极其深刻的印象。1936年在北戴河时我就建议由青年团发起从北京沿长城一线徒步走到北戴河帐篷旅馆的旅游，让北京的学生锻炼一下，并进一步了解当年的长城抗日的历史。可是我回到北大时，感到许多学生的要求是又便宜又惬意的观光，吃得不好住得不好不合他们的意愿。那等于是超过生产力发展水平的高消费，对青年人没多大好处。

　　在沦陷时期，日寇造成的苦难也首先是由人民来承担的。

　　记得是1944年晚秋的一天，寒雨阴绵。我在北京图书馆看书，觉得又冷又饿。出来到西安门附近的一个小铺子里尽我手头之所能买了两个饼，那家店铺当时也只有这么两个东西可卖了。那是一种里面黑糊糊一团，外面沾上一层白面，又打上一个红印记的东西，像烧饼那样大小，不知叫做什么。这时又来了一个显然比我苦得多的同胞。他说："我能买一个，可一个也没有了"，那就送给他一个吧！他以后还能买一个。再往后呢？我就没法子想了。城里每天都有人因病饿而倒毙街头。不时出现抢东西吃的惨景。卖吃食的对抢吃食的人说："你看着拿吧,你多活一天,我少活一天!"

(三)

大概是从 1944 年初开始,日寇在战略上的虚弱愈益暴露出来,记得是那年暑假,辅仁附中几个应届毕业生出城来找我们出游。我们临时决定步行前往八大处。走过颐和园南墙,误入日寇作军用的西郊机场警戒区,却发现停在地上的敌机都是假的。当 1945 年夏季美军野马式机群空袭北平时,日寇仅有的几架真飞机被压在机场上不能起飞,只有防空兵在西直门附近的城墙上开高射炮,开了几炮就弃炮而逃。燕园附近槐树街一带的中国人跑到南面一个小高地,观看野马式轮番俯冲扫射西郊机场。我们不顾流弹,都在欢呼。直到野马式离去以后很久,日机才有一架升空,向在野外期待再次空袭的中国人示威。

燕园里面也出现了日寇力量不足的迹象。自从日本到南洋的海上运输线被切断后,液体燃料不足就变成了日军的致命伤。于是华北综合调查研究所就在博雅塔东面赶筑两座酒精蒸馏塔(以马铃薯为原料),以期取代一部分汽车燃料。日寇投降时,这两个装置都未建成,却在燕京人中间引起了一段有关建立正式工科的话题来。

日寇败局已定,但是当美军投掷原子弹和日本宣布投降的消息相继传来时,我们还是觉得很突然。那一天早上,沈迺璋老师高兴得喝了一点酒来到我家说:"师母,日本鬼子投降了,不是我喝醉了,是真的!"我母亲说:"这次喝酒可以原谅,不过不要出去乱走,日本人要发疯了,会害死你的!"

沈先生没有乱走,只是到几家燕京人那里去报喜;我们兄弟却背着父母到燕东园里面去走了一圈。园中日本人很少,只看见一个中年人用斧子猛砍树干来发泄怒气。原来这一带的日本人都已聚在颐和园东门外的广场上,聆听天皇宣布投降的广播。广播后有几个日本人在那里剖腹自杀。

两天后燕大的复校班子在城内成立了。我对他们的工作只是略闻一二,只记得其中有对与敌伪挂钩的燕京人的对待,以及具体布置和执行恢复燕园为校园,招考新生,等等。

日寇于 8 月中旬投降后,燕大外籍人员从山东潍县集中营回到北平,随即返美休整。司徒雷登返美则兼有争取继续办燕京大学的目的。复校委员会是在前景不明确的情况下开展复校工作的,主要任务是整顿校园,招生开课,并在美国经费来到以前在国内争取临时经费。不久后又提出建立正式的工科。

由于燕京人的爱校心情和燕大工作效率,重整校园招生上课的工作进展"神速"。许多燕京人家还没有安排好,甚或还没有搬回燕园,就已各就各位、驾轻就熟地把学校工作的各个方面开动起来,纳入正轨。他们的奋战令我们这些晚辈敬佩,并忍不住要伸手支援,可是他们的神情却像是度过了一个长假后回校上班,这就是燕大工作效率!

到 10 月上旬,燕大已经经过正规的入学考试(那是一次毫不含糊的考试)而在北京招收了复校后的第一批新生,并开始上课。迎新会是在临湖轩南面的草坪上举行的。高大的白皮松下面排着从适楼礼堂搬来的双座折叠椅,新生坐在上面无拘无束地谈笑。由于成都燕大还没有搬回来,燕园子弟暂代"老生"参加迎新会。记得表演节目之中有李维渤独唱,由我这个老搭档伴奏。新生由边宝骏独唱,程娜伴奏。"燕大一家"精神弥漫全场,教职工的热情接待只几天工夫就把大多数新生变成了燕京人,何况新生之中还有一些本是燕京校友的子弟,早已感染了燕园气息。

谁也说不清燕京精神为什么会有那么大的感染力。但是那些带着封建头脑的,或迷恋等级制度的人物,都无法忍受这种民主自由的"燕京精神"。

在美国经费来到以前,燕大的日常开支也没有保证。它的经费尽管是来自美国,却远不像清华或北大经费那样稳定、充足。燕大经费绝非来自美国政府,而是来自美国个人的捐助,即使是由教会分得的,其根源也是个人捐助。私人捐助自然是时多时少,所以司徒雷登不得不年复一年地为此而奔波。

三十年代前期,由于日寇入侵,中国政治动荡,而美国又陷入经济危机,因而美国私人捐助锐减。燕大原规划中的几座楼也只好停建了。司徒雷登为此而发起"百万基金运动",以期为燕大取得一部分稳定经费(远不足以应付全部开支)。这个运动没有取得成功,特别使司徒雷登失望的是,中国财界除作为燕大校董的孔祥熙外,几乎都一毛不拔。他对父亲说:"这不是为中国人办学么?"父亲为此颇感难堪。

燕大从复校之日起,就进入了过去从来没有过的特别困难的时期。当时美国国内在检讨对外政策。有种论调认为不该再支持中国的教育卫生事业了。论调说,协和医院等设施改进了中国人的卫生状况,以致人口过多,生活更贫困,所以不应再给支持。燕大等则从三十年代起就显得"左倾",所以更不该资助。司徒雷登在美国争取继续办燕大颇费周折。

司徒雷登任驻华大使而离开燕大以后,向美国争取经费的事由父亲直接出面。但是他先曾由于百万基金一事感到中国财界使他难堪,这时又由于办工科的事感到美国财源不可靠。这些事情加在一起,终于使他感到:应该由中国人出钱办中国需要的大学。不久后他又认为这个希望只能寄托于中国共产党!

工科办起来却不容易,没有资金,没有教员。燕大的最初规划没有工科。现在继续办燕大还是争取目标,提出增办工科岂非节外生枝?所以托事部最初只同意复校,对于办工科则既不反对也不赞成。于是聂崇岐先生向父亲建议向中国工业家求助,父亲却不敢寄予很大希望。但是天津工业家李烛尘先生等却在沙咏沧先生倡导下主动来谈。他们的资金不如上海财界雄厚,却提供了一笔工科开办费(专款专用)。在此以后,托事部才同意办工科,并提供了一些在当时说是相当先进的装备。但托事部同时又规定燕大工科的培养目标是"用机器而不是造机器"。

父亲听到这个意见后叹口气说:"现在只好如此,不然工科办不成。中国人为什么不能造机器呢!"工科成立之日,校外一位老朋友赶来庆贺。他安慰父亲说:"能用机器就不错嘛,这也符合你们'会动手'的主张,燕大工科应该有自己的特色。再说中国人现在还不行嘛,中国人就开不了火箭飞机(指喷气式飞机,第二次世界大战末期刚露头角)。"父亲说:"工科当然必须学会动手,只会纸上谈兵可不行。不过我看中国人不见得不能开火箭飞机。"

经人介绍,美国工程师丁荫来工科任主任。他已在中国从事工程,有一套因陋就简、少花钱多办事的经验,讲动手而不尚空谈。父亲认为这正符合中国与燕大工科的需要。

丁荫一到燕园就发挥了他的特长。按他的意见,日寇留下的两座半截的塔,较矮的一座拆掉了,存于其中的水泥则用于加高较高的一座,用作工科的教室楼。这就是那座与燕大原有宫殿式楼房很不协调的"方楼"。楼成后,丁荫找到父亲抢先争辩说:"第一,又省钱又快,正是工科的需要。第二,水塔为界,界以东是机器房和大烟筒,没有中国特色,方楼介于其中,没有什么不好看的,(nothing-uglys)!"他的语调很尖厉,但他的话并不错。

水泥还有多余,却正在变质,丁荫就把它们用于修路。许多学生也在课外参加了这项工程。不出半年,幽深的燕园里就出现了两个银灰色的路环,大家都说好看。

这两件事同时也就表明了燕大财力不足。又如,燕大的暖气锅炉和地下暖气管道的保温层都已超过使用年限,学校只能更换其中一部分。自来水系统原设计是可以直接饮用,现在则无法保证了。

顺便说一下,当时校内外都有人以为美军从中国撤退时曾送给燕大一批物资。其实那些物资都移交给了国民党的机构、军队,或干脆烧掉了。就我所知,燕大只得到几张由美国乐队演奏的苏联作曲家肖斯塔科维奇等的交响音乐唱片。那是许勇三师为音乐系力争而来的具有划时代意义的音乐的作品。

复校后的燕大仍然实行"燕京精神",许多燕京人更加倾向共产党。

团契是一种松散组织,契友来去自由,各团契之间也没有组织关系。契友绝大多数不作礼拜、不读《圣经》,而是欣赏团契的燕京精神,参加它的社交、学术、座谈会、旅游以及社会服务与调查活动。这样的组织天然地就会引导契友倾向进步,因为它的精神与旧社会相抵触。例如,启明团契后来就被人看做"红色团契",国民党人则认为所有团契都有"左倾"的嫌疑。

此外,还有正式的和临时的学术团体、班会、歌咏团、剧团和体育团体、球队。参加这些团体都是自由自在的,由个人的爱好与友情而定。比方说,我喜欢古典音乐,参加音乐晚会,同时又是专唱民歌的"高唱队"的成员,大家知道那可是个"左倾"的"外围组织"。我对戏剧一窍不通,偏偏给《罗亭》当过不说话的上台只几分钟的配角。燕京京剧团有一次演京剧就叫四个美国人当番兵跑龙套。正是在这些社团活动中体现着自由自在的燕大一家平等精神,一点反动政治或迷信都没有。

我认为燕大学生和教职员政治倾向的形成是与参加团契和各种活动的地下党员积极工作所起的作用分不开的。而燕大本身具备的"燕京精神"的熏陶则是很重要的内在因素。此外还有国民党的一再提供反面教材也使燕京人认清了国家的希望所在。

1947年的一天,记得是在一次学生的游行之后,国民党的一个"大官"在北平城内找到父亲,告诫说:"共产党在燕京大学闹翻了天,你们公子也混在里面,你也不管一管!"他反斥说:"燕京大学的校训是因真理、得自由、以服务。学生为真理服务,和共产党有什么关系。你们国民党胡作非为,你为什么不管一管?!"

父亲回家后对我说起这件事,我说:"我可真觉得有共产党,大家都喜欢他们。"他说:"即使有也不要问清楚,不然你不小心说出去,他们就危险了。"我听了他的话没有说下去。

记得甚至在三十年代我就听到过父亲类似的告诫。一个燕大学生把我带到花神庙前的未名湖畔,讲他在苏区的经历,说"那里真是另一种天地,只是秩序不好。"我听了觉得奇怪,怎么会又好又坏呢?回家问父亲,他说:"你年纪太小,所以不懂。这件事你不要说出去,不然他可能遇到危险。"在国民党宪兵严管的北平,他已经感到有必要保护学生了,尽管他并不知道这个学生的政治面目。应该说,我到现在也还是不知道。

燕京人参加与保护进步革命运动可说是由来已久,人数众多。到抗战胜利后,燕园的群众运动更发展成为怒潮。其他大专院校也是这样。不过以校方名义公开支持群众运动,在当时大概只有燕京大学。

记得每次学生游行都有学校的好几个行政部门自动予以支持。校医处、汽车和学生食堂是其中的当然成员。中外教职工以个人身份支援的也大有人在,而且越来越多。游行队伍一出动,我家就像是一个临时协调处,人来人往,电话频繁,谁也没有接受什么命令,谁也不命令别人,全凭燕京精神而协同支援游行队伍。这些工作协调起来颇为困难,因为游行路线事先绝不通知校方任何人,而队伍进行又要与军警捉迷藏。出援者不仅要侦察军警部署,而且要追踪游行队伍。这就有遭到军警殴打,或被游行学生怀疑为特务的危险,那只有依靠燕京精神来克服心理障碍了。

经过两次游行,支援工作的协调就变得比较默契而有点制度化了。某人已去何处,医疗队已随汽车队出发,学生有无伤病,晚饭和姜汤的准备等信息,都会传到我家来。父亲激动地说:"好啊,好啊,我可没有下过任何命令啊!"他对燕京人的燕京精神寄予无限信任。

关于校友们记述得很多的"八·一九"抗暴,我只想强调一点,即这几乎是燕京人全体一致的一次斗争,它表明了这所大学的总的政治倾向。如果是"文化侵略据点",事情的经过决不会是这样的。至于父亲在这场运动中的作为,我大都是在近年看到校友们的记述才知道的。他在事后回到家时只说了一句:"夏仁德又做了大好事!"别的事情什么也没有说。直到解放后,张宗麟同志以学生身份来看他时说:"我在解放区的报纸上看到了老师在那次事件中的讲话。"父亲说:"我只不过是临时想到外国大学有自治权,不许军警进校,就拿来抵挡军警。"(其实只有拉丁美洲的几所大学有这种权力。)他总是不肯多说自己的事情。

父亲在抗战以前已经婉言谢绝参加国民党召开的庐山会议,于是战后的庐山会议不再邀请他，而是在会后送给他一枚"胜利勋章"（我不知道它的正式名称）。他在家中楼上收到这个奖牌，就把它抛到楼下说："把国家搞成这个样子，还发这种东西?!"一位燕大校友在近年回忆说：校长在海淀区的一个座谈会上引用当时的顺口溜来表达民情——"处处不留爷，爷去投八路"。1947年美国特使魏德迈邀请他座谈中国国事，他在会后给魏德迈写信说："中国的希望在于共产党"。并赞同共产党提出的联合政府。

大概是在1948年春季，胡适先生以长者和老友身份来燕园劝说父亲，胡夫人和一个美国老人（我忘了他的名字）同来。谈话开始不久，父亲叫我带去游园。胡先生忙说："燕园早游够了，你带他（指美国老人）去吧。"我带美国人在校园慢慢走了一圈，回到燕东园时，胡适夫妇已在我家院门外告别。胡先生说："这次回来（从南京官场回来）只有四天，特地来看看你，明天就走，不知以后何时再见。"他的语气并不高兴，父亲也板着脸。母亲调和说："你们一见面就吵，分别还要吵!"他们走后，父亲叹口气说："他也劝我走啊!"他们两人于二十年代相识，并都主张科学和新文学。但此后往来并不多，胡适投入旧中国政界，父亲就表示惋惜。他不走，态度是坚决的。我记得他在受到"三反"运动的沉重打击后仍然说过："不要忘记，我们是追求光明而留下来的!"

"八·一九"抗暴以后，学运平静下来，国民党在校外加强了控制，要走的燕京人也大都走了。校园显得冷清清的。半个月后，1948—1949学年在平静中开学。这时决定中国走向的三大战役开始了，但那还是在东北打仗，离北平还远。

随着国内战争进展，一些燕京人先后主张燕大南迁。他们几乎都反对国民党，却也不了解共产党。父亲凭自己的认识始终劝解，并终于说："谁要走，自己走，我绝不阻拦。要我下令迁移，那没有可能。"他的这种态度终于招致托事部干预，他愤而辞职。但是一些主张南迁的人自己走了。

在这场争论中，绝大多数燕京人留了下来，而且有人在解放前夕从国外赶回来等待解放。父亲从此更加认为他对这些人的未来负有责任。燕大留了下来,但今后究竟怎样走革命之路,燕园怎样迎接解放,父亲心中并不清楚。他在晚间从贮藏室架顶上拿出叶剑英送给他的崭新的平装书《新民主主义论》和《论联合政府》读着、想着。两本书说的大原则谁都看得懂,但是具体到燕大该怎么样,仍想不出个头绪。他自言自语地像是在问我,我自然更不懂。他没有想到比较明确的教育方针是在解放以后才开始探索的,其中也包括共产党文教方面的领导人和他的商讨,而且,燕大教育改革经验也由教育部推广。燕大教改的特色是进一步结合实际,而这本来是燕京精神所追求的,二十年代以来,不是已有越来越多的燕京人投身于中国的进步革命历程?! 燕大教改的另一个特色是首先依靠在校的燕京人自己的力量,父亲没有排斥任何燕京人,他认为这是自己的责任。

但是在解放前夕,他还不知道怎么办才好。未名湖一湖秋水激荡地漫过了石拱桥下的闸板,前面却还有一段漫长曲折的路,一直到现在也还没有走到头。

(四)

燕园在 1948 年的一个温和的冬日迎来了解放。12 月 13 日上午 8 时半左右,国民党的机动部队突然驰援南口方向,路经燕大西校门外,坦克轻而易举地把校门外那块白底黑字的"燕京大学"路牌齐根碰倒在地。校卫队拣回路牌愤愤地说:"现在还那么凶?!"不久后南口方向的炮声就沉闷地传到了燕园。午后 3 时左右,机动部队又经过西校门外向南急撤。北面的炮声沉默了,但是燕京人预见炮火即将逼近海淀,于是组织护校。

入夜后圆明园发生了战斗,虽然只是轻武器(最大是迫击炮)交火,却第一次离燕园那么近,就在朗润园以北,隔一条小河和一条公路。照明弹一群群划破夜空,流弹飞进燕园,打进了小山坡,幸而没有伤人。林启武老师在燕东园率领我们巡逻,离战场比较远。午夜过后,圆明园炮火逐渐平息,我们在燕东园大桥上听到有部队衔枚急号地在桥下的夹道中向南撤退。(现在那条增值道已划入燕东园,大桥变成无用的残迹了。)

15 日黎明前,西校门校工队打电话来告知校长燕园已经解放。他们先听到门外有人声,经询问,知是解放军,急忙开门观看,只见解放军已作疏散队形在公路两侧向海淀镇推进,没入黎明前的苍暗。燕园的解放竟是如此平静。

红日高照时分,解放军前哨已进抵黄庄设立阵地,与盘踞在农业研究所(今农业科学院)的国民党部队对峙,互打冷枪。父亲到校园去了,要我守电话。我接到几个校内来电后,突然接到一个国民党人从城内打来的电话。我说父亲不在家,他就问:"你们走不走? 我派人去接。"我根据父亲的一贯态度说:"我们不走",代替他拒绝了国民党人的最后一次召唤。父亲回来后听到此事就说:"不要管他,我们看解放军去!"

我们这些没有军事常识的人没有掩蔽地漫步到黄庄,仍不知战场在哪里。解放军见了急忙叫我们到关帝庙后面去避弹。他们一边寻机射击,一边和我们谈了起来,说还没有到攻城的时候。一个解放军到农研所附近侦察后,利用公路路基掩护跑回来笑眯眯地说他发现了目标。

这哪像是战争! 一连几天都是这样。父亲派车送一个患急性阑尾炎的学生进城到协和医院抢救时,汽车往返通过"前线"都是畅行无阻。不久后,农研所守军也撤走了。燕园、清华园、海淀、成府几乎未遭战火破坏就解放了。成府一个老居民像是早已发过誓似的指着北平城方向对父亲说:"我说过吧,打不起来! 北京是福地嘛!"

不久以后国民党自己切断了三通,解放军也加紧准备攻城。为了攻城,解放军的一个参谋来燕大借用北平四郊地图。我带他到图书馆去拿。那是一个宁静的午后,我骑车在前,他骑马在后,居然合拍地通过了未名湖南面的小路,马蹄在那条水泥银带上时密时碎地敲起了清脆的响声。解放军对燕园是秋毫无犯,武装人员带枪进入校园大概只有这一次。

此外还有张宗麟同志作为二十年代的学生来看望过去的老师现在燕大校长时,带过枪。不过那是文职人员在战区的临时自卫措施。

　　燕园在解放军保护下十分安全。解放军的文工团也多次来燕园演出。秧歌剧《血泪仇》不仅震动了燕园,也震动了清华园。短剧《杨勇立功》对孩子们的吸引力特别大,第二次演出时他们就在台下和台上的演员一起说唱。二重唱《兄妹开荒》像是把延安电台搬到了燕园,前几年,我们已经在收音机中听到了这首开始曲,只是声音不大清晰。燕京人接受这些文艺毫无困难。

　　军管会把东北的高粱米调到华北,燕京人也没有多少困难就接受了。他们懂得在战争时期这已经很不容易了,完全体谅政府的困难。经过沦陷时期的饥荒,吃过狱中伙食,拒绝了伪市长的玉米以后,这一点算得了什么!高粱米加红小豆,不是很好么。

　　燕大的真正困难在于经费和教育方针。

　　在经费方面,解放后不久燕大就不得不卖银元来发工资,并向海淀商会借钱。商会尽自己的可能借给一笔款,可是不能满足燕大需要。于是燕大又由严景耀先生出面,用美元支票作抵押向解放军十三兵团(兼军管事务)借用临时军用券暂时维持生活。但是父亲根据过去的认识,仍抱着由中国人办中国需要的大学的希望,并认为这个希望只能寄托于中国共产党。

　　燕京热烈期望共产党领导。1949 年年初,又是一个晴朗的冬日,解放军在北平举行入城式。燕京人第一次不以示威形式整队进城欢迎。他们的队伍排在前门以南大街的东侧,大家兴高采烈。解放军全副美式与日式装备,由南向北开进,有些燕大学生爬到炮车上随部队前进,并从炮兵那进而学会了一句话:"这是美国送给咱的"。新中国成立那一天,燕京人组织了更宏大的队伍,高举红旗和大标语牌在天安门前游行,参加晚会,直到天安门上红灯高照以后许久才返回燕园。

　　形势的快速发展使父亲以为可以实现他的期望了。他在一次全校大会上说:"如果我们再用美国的钱,美国人可能给我们白面吃,可是我们就丧失了独立!"话传到校外,教育部负责人钱俊瑞和张宗麟就来到燕园对父亲说:"现在还不行。"

　　在我家谈这个问题时,父亲说:"用美国的钱,不但我不同意,我的儿子也不赞成。"张宗麟同志就把我叫去说:"现在刚解放,人民政府还没有钱。你们每次到教育部去听政治经济学讲座,教育部都请你们吃饭。其实教育部自己每天只吃两顿饭,尽量省下钱来办教育。你年轻,不懂事。"他说得一点也不错,因为我立即想到,教育部领导人从不参加我们的午餐,张司长自己只是经听课人再三要求才参加了一次,而且只讲了几句话就走了。那真是一个廉洁的政府! 父亲于是同意了他们的意见,重新与托事部取得联系,继续用美国经费。

直到抗美援朝开始后,由于托事部停止供款,人民政府才接管燕大。在庆祝接管的大会上,钱俊瑞部长代表人民政府"感谢陆校长把学校保存下来交给人民",并就一度继续用美国经费一事解释说:"盗泉之水可以灌田。"

父亲期待共产党的教育方针。但是新中国刚成立,教育部还在探索教育方针如何实施,并为此而一再与父亲商谈。在我的回忆中,教育部领导人的设想是新旧大学并存,在竞赛之中共同摸索办社会主义大学的方法。旧大学可不开政治课,何况当时教育部也派不出政治课教员来。

但是燕大作为旧大学仍然带头开设了政治课,采用本校教员讲课以及外请报告并举的办法。邓颖超、南汉宸、刘鼎等领导人以个人体会所作的报告得到全校师生员工的热烈欢迎。清华大学也通过电话线转播他们的报告。燕大带头,其他高等院校也都采用这样的办法开设了政治课。这样的政治课自然不是后来实行的政治课所能比拟的。

在系科与课程设置方面,燕大更是走在前面。父亲组织各系教员研究并提出了几个结合中国实际的改革方案。教育部肯定了这些方案,并向各大学作介绍。甚至在"三反"运动以后的院系调整方案中,我们仍然可以看到燕大方案的影子。

但是父亲万没有想到,就在他诚心诚意做这些事情时,一场由政治系统跳过教育部而布置的批判燕大和燕大校长的斗争正在酝酿中。

解放后只三年,父亲就从三十年追求实现自己理想的道路上被推了下来。1952 年开始的燕大"三反"运动加给他的总罪名是:继续用美国的钱,拒绝人民政府接管,反对党的教育方针,为美帝国主义保存文化侵略据点。为了烘托这个主题罪名,还有包庇帝国主义分子和反对民主人士。

父亲那些总罪名显然是捏造的,其实有许多是事先请示过军管会的。例如:解放时,约有一半外籍人员仍留在燕大,并按照军管会规定的外侨政策遵纪守法,继续担任教学或行政工作。应他们的要求,父亲按照国际惯例并征得军管会同意,为他们做了两件事:

(1)临时组装发报机,按国际业余无线电爱好者通讯方式,把在校外籍人员名单通知国外,说他们都安全。电讯是由国外一个业余无线电爱好者收到的。他按惯例回报了自己的呼号与姓名,并把他收到的名单转知燕大的美托事部。这次通讯所使用的机体、电讯内容、波长、呼号、发报的时间与地点等,都事先经过军管会审查、批准。军管会完全可以监听。发报后,临时组装的发报机立即拆除了。

(2)经军管会批准,安排美籍人员与美国驻北平领事见面。

这些都是在战争时期的合乎国际准则的措施。父亲没有做错,军管会也没做错。

父亲一直认为燕大外籍人员绝大多数是为了办教育而来中国的国际友人,何况他们之中又有许多人支持中国的抗日和革命运动。

新中国成立后,父亲就他们的去留问题向周总理请示,总理说:"外国人可以留下,有技术的最好留下。"但是父亲并未能留住他们,因为他们都不是共产党人,不能适应解放后的政治环境,何况他们又遭到敌视,或被怀疑为帝国主义分子。他们陆续要求离开中国,父亲只好尽自己的校长职责帮助他们办手续离境。

包庇帝国主义分子的问题提出后,父亲本人也被怀疑为特务。事情发展到我家日夜都有人在外面监视,部队派人来查封我家的收音机。我家的老保姆实在看不下去而在夜间自杀,幸亏母亲和我起得早而抢救了她。后来前军管会成员出面作证,才制止了这一场诬陷。

关于民主人士,教育部领导人曾指示燕大校长接受他们,说:"现在其他大学还不一定能安排。"所以燕大正是解放后最早接受民主人士中学者的大学。但是燕大的经费、编制与物质条件并不足以接受所有想来的人，何况其中有一些本来不是学界人士。所以不能由于其中有些人未能来到燕大就说燕大校长反对民主人士。

燕大是个学术机构，一向不以教员和学生的政治态度来评定他们的学术（学业）水平和决定取舍待遇。违反了这个原则而关心革命进步师生的反而是校长。解放前就是这样，实例不必在此枚举，因为许多校友是知道的。

对于解放后来校的民主人士，父亲并没有歧视他们。由于至今仍有碎语，恕我举个实例：为了翦伯赞先生参加城内政治活动，父亲规定学校仅有的两辆小汽车（其中一辆实际上已陈旧得不应再用）除急救病人外首先供翦先生使用，自己要进城反而去搭车。记得父亲曾派我搭车替他到教育部送一个急件。翦先生在车上与我谈笑风生，说他在东德看到"到处像花园，和燕园差不多一样。"显然他自己也不知道，燕大作为学校，其物质条件与兼做政治家的学者的政治需要有多大差距。后来人民政府为翦先生配备了汽车，才克服了这个困难。

我们无妨回忆，当时在学术上显得是唯一正确的正是翦先生和沈志远先生，而不是他人。这又怎么能说他们遭到排斥呢？至于他们以及马思聪先生遭批判，那不是在燕大，而是在燕大关门以后。翦先生夫妇是在"十年动乱"中遭迫害自杀的。燕大校长遭批判只不过是他们遭批判的先声。

"三反"运动的结果是燕大被瓜分，校长遭贬斥。校长对自己的"错误"的认识有几分真实性，可以说已有十分之九的把握，那一分不认识的则是他误以为默认这些失实伪造的罪名是革命政治的需要。"三反"运动将结束时，运动领导头目之一来到我家得意地挥着拳头对父亲说："台湾电台先是喊陆志韦不要投降，现在又喊这是投共分子的下场。我今天就是要狠狠地抓你一把，我们就要给你下结论了，你要看破红尘，你出家去吧！"父亲说："如果这是政治需要，那就这样吧！"此后不久，这个领导人又规定父亲的子女填表应该写"文化买办出身。"

院系调整把燕园划给了北京大学。北大校方就来催我们搬家,前燕大校长就在一天上午自己一人默默地走出了南校门。他不要我陪伴,说:"我还认识路。"其实他仍有认不清楚的地方。周总理和陆定一同志后来在一次宴会上向他举杯道歉说:"我们做得太过分了。"他在心领之余仍然不懂那不过分的部分究竟是什么,因为加给他的罪名始终存在,不予公开平反。

他对深沉的旋律确有特别深厚的感情,热爱那朴素的线条。他对我说:"巴赫的对位固然精致可敬,听起来就太苦了,因为人的听觉系统同时只能接收一个旋律。两三部对位并行尚可,再多,人的听觉就从一个声部的旋律跳到另一个旋律,其余只出和声。"无怪当我弹巴赫的多部位时,苏路德师总说我丢三落四。父亲在晚年又想听肖邦的第一首《叙事曲》,曾问我能否再弹此曲。我弹此曲本来勉强,加以离琴已十多年,手和琴都不听话了,弹了几句只好说:"不行了"。他说:"那就弹简单的《圣母颂》吧",无奈我的手和琴也无从应命,他很伤心,我也很难过。

他的心中有那么一个清淡的人生线条,他喜欢国画中水墨画的线条,有笔力的、朴素的山水和梅兰竹(不包括菊),不大喜欢工笔的细调浓抹。然而他在实际生活中又喜欢与人交往,而且情不自禁地要凭借世欲政治来追求实现自己的理想。

燕大"三反"运动结束时,领者者曾在贝公楼前草地上的联欢式的分组座谈上轻松地宣布:革命的风暴就此结束,以后就是开了锅似的建设热潮。真是这样吗?

(五)

燕大关闭后,院系调整方案把我留在燕园,成为北京大学的教员。在这个天地里,我有"文化买办出身"这个原罪而一再遭受批判,却又从来没有人给我作过政治结论("三反"运动那次不计)。四人帮倒台后,一个朋友反到给我试作了一个结论:"可以改造好却总也改造不好的知识分子,既可用于证明搞运动有必要,因为至少有你这么一个目标,又可用于证明运动搞得不过火,因为从不给你作正式结论。"这自然是开玩笑了,我听了却不寒而栗,这岂不正是众多中国知识分子的共同经历!

1969—1971年我在江西鄱阳湖畔的鲤鱼洲农场接受改造时,一个改造者建议我作一次"讲用",向大家汇报自己过去是如何如何不好,住过鲤鱼洲的"热处理和冷处理"又变得怎样好。我考虑了一下说:"不行,因为我过去不像你说的那样坏,现在也没有你说的那样好。"我不懂他是要我证明"掺沙子"政策的正确。

我在鲤鱼洲本是不许回家的改造对象之一。后来由于父亲去世,国务院要求家属回去,改造者才通知我这件事。但是改造者没有说我父亲在哪里,只给我开了一张"探亲证"作为路条(无此不得买火车票)。我到清华大学农场去找瑶海一起走,但是那里的改造者正在审查他,国务院的要求对他们无效。

这时陆氏三代已被分送到从北大荒到云南瑞丽的祖国天南地北,大家各在何处我都不大清楚。父亲在哪里? 大概在河南息县。

我来到南昌火车站,售票员对我的路条表示怀疑:"看你的样子不像探亲的!"我坦白地说:"去看一个已去世的人。"她低头犹豫了一阵,把车票递了出来。整个车站空荡荡的,原来中国人都离开了"罪恶的城市",到"朴实的农村"去检查自己的"原罪"了。我不禁想起南昌的那些面孔,圆圆的可爱的初中一年级学生也在冬季被分发到鲤鱼洲和我们一起吃力地"挑大堤"。他们之中最弱小的在夜里想家,偷偷抱着我流泪。我们也只能拾一些碎竹片给他们烧火烤烤手,权作安慰。他们只是初中一年级的孩子啊! 教育者却说这是中学生与大学教师在光辉的五七道路上互相鼓舞前进!

第二天中午到达息县火车站。长途汽车售票员漫天要价,我只好徒步赶那漫长的旱路。息县大地也是空荡荡的,因为那里原来是个四面环山的大兵站,部队已经撤走了。我一边走一边寻人问路,到达科学院营地(原是兵营)时已是下午五时左右。一位同志趁大家还没有下工回来对我说:"他已经得神经病了，已送回北京。"我立即乘天色尚明赶回车站，希望能赶上回北京的夜车。

遇到一队拖着脚步从工地回来的劳改犯以后天色就黑了。我只听见手铐脚镣的声音慢慢离去，自己要走的路却看不清了。幸亏有一位赶路的妇女喊住了我："哪儿去？""去车站。""搭个伴走行不行？怪害怕的。"

这是一位送女儿去火车站的母亲，又瘦又矮的去江西出嫁的女儿跟在后面一声不响。当妈的问我："他男人一个月六十多块钱，算哪一级干部？能不能养活我女儿？"我可不知道哪一级干部赚多少钱，可是想起江西城乡的情形就心寒。我说："干什么嫁到那么远的地方？"她说："没东西吃，没办法，她爸爸连自己都养活不了！"我听了半天才听懂了这些一再重复的带河南口音的痛述。

深秋夜里，息县的那个小火车站里挤满了人，因为听他们说，不论是来赶夜车的，或是夜间下火车的，都不愿意走黑路。我们这三个人挤到墙边站着，当妈的对那个显然是尚未成年的女儿一说再说，女儿就是一声不吭。这时南下的火车快到站了，当妈的打开一块毛巾，从里面拿出两个干馒头往女儿手里塞，说："就这么两个了，车上吃，别到那里叫人家看见。"女儿哭着不肯要，向墙角里挤，随即被一群上车的人夹挤着过了检票口。她还伸着一只手，摇向母亲，不知是难以离开亲娘，还是要把馒头留给母亲。

我好像是刚刚认识了"大跃进"以后的农村。但是直到四人帮倒台以后，我才知道三年饥饿夺去了多少农民的生命。我才知道，甘肃定西地区24万人口，在那三年中饿跑了8万，饿死8万，留下8万。

我带着息县的震惊等了一个多小时，终于登上了北上的列车。

回到北京站，我凭直觉赶到北医三院，走向太平间。三院一位大夫不知怎么会认识我（也许是燕大校友），他背着别人对我说："没人敢给黑帮看病，死了也不能等家属都来。"中国军阀、日本侵略者和美国支持的国民党都未能制服这个理想主义者，现在，他在自己幻想的光明之中融化了。在此以前一年半，我曾求得北大教育者许可，在这里寻找我也是病死的母亲，看见她躺在冰床上,我只来得及在她苍白的脸上盖上一块手帕。母亲和父亲的骨灰先后暂时放在八宝山公墓,三年期满后我将他们的骨灰取回家,合在一起收藏起来,直到1979年父亲的追悼会后我们兄妹五人将父母的骨灰送到八宝山骨灰堂长期存放。

我在北京花了几天排队,为在江西农场接受改造的同伴们消耗那些快要过期的北京布票,然后背了两大袋这些如果现在不买明天就没得穿的东西回到了鲤鱼洲。当天夜里就遇到了一次紧急集合的考验。幸亏有一个青年职员事先对我再三启发,我才得以全连第一渡过了这一关。

不久又是百里拉练,又是青年同伴鼓舞我走完全程。一个教育者对我说"你这个年龄本不该去,有意考你一下,不错,及格啦!"再过几天我又成了"五一六",受大字报攻击,可是三天后同志们又以一阵欢笑宣布对我停火,似乎这只是一次开玩笑。

一个月中在江西、河南、北京的经历终于使我怀疑人类为什么要以缺衣少食互相消耗来考验自己,扮演悲剧。

林彪事件发生时,我们三个连正在井冈山接受教育,相信那些由江青篡改的,用林彪取代朱德同志的革命史。上面突然命令我们紧急撤回鲤鱼洲。汽车急驰经过南昌机场侧旁时,我们看到了民兵用步枪对着机场,米格战斗机停在机场上无人看守,似乎只是一场民兵演习。世俗政治的权势斗争已激化到这种地步,我们却仍然蒙在鼓里。

过了两三天,农场领导宣布拆场回校,只留一些设施给刚来的一批北大同志用。我被编入了"装卸连",无分昼夜地往卡车上扛大米、机器和木材竹料。一有空就去拆已回北京各连的大草棚、卖房料。能搬的就搬,能卖的就卖,大草棚的支架能拆多少算多少,只要草棚不倒就成。不值得运走的鸡做了"百鸡宴"。不但不考虑后来人的需要,而且是在坑害人家,我无法说这算什么教育。迟群这时来视察,拿着棍子指指点点,说:"我看对老九热处理还是不错的嘛。我说错啦,你们这几个可以不算老九啦,毛主席教育出来的嘛!"

随在场人员逐渐减少，装卸任务接近完成，我又被陆续编入装卸排、装卸班。最后只剩下我和一个神经不太正常的同事，陪着几个农场领导无事可做。领导之一偷着对我说："要把你们扔在这里没人管啦"，随即以一个看病、一个护送为由，把我们派回北京。我就这样逃回了燕园，但是中途又虔诚地去"瞻仰"了韶山。

回到燕园，我就被编入共约200人的修建队，"等待教学工作需要"。两个月后又以批林（大家都抄报纸）批得好为由，奖励我们几十个人以"继续改造的机会"，去烧学校的暖气锅炉。

我烧的那个是燕大留下的二十年代的老兰开夏锅炉。燕大无钱更换的这个装备的确太老了，费力费煤不上温度。我有一次开玩笑说它是非洲最高峰乞力马扎罗（吃力满渣炉）。一个教育者听到了乘机发挥说："你的体会很好，叫你烧这个家伙是对你的特别关心，叫你看看美帝国主义给中国的是什么东西！"其实我烧这个炉子不是他指定的，是锅炉班其他同志对我的真正关心，因为烧这个炉子不需要猛力往坡上推煤车。

不久后黑格来到北京给基辛格打前站，要参观北京大学。于是我们奉命把几百米以外的一个教室楼的室温提高5℃（平时只有10℃左右，现在要提高到15℃）。无奈尽管我们从煤气厂偷来了核桃块大小的优质煤加班攻关，室温仍只提高了2℃—3℃。教育者说："这次不赖你们，因为北大修建的地下管道的保温也坏了，北大是修正主义大学嘛！"总之，燕园从来不是好地方。

为了显示革命化北大的成就，四人帮统治时期在燕园修建了一个新图书馆（其实是院系调整后北大已有的规划）。我有幸在那里当过小工搬砖弄瓦，但是建成以后没有资格入内。从此外宾来参观时，就不仅有燕大留下的湖光塔影可看，而且有了一个比燕大图书馆大得多明亮得多的建筑物在增添光彩。

但是校改和学业如何呢？四人帮垮台后的北大第一任党委书记周林在全校大会上叹气说："北京大学，一个塔、一个湖、一个图书馆，一塌糊涂！"

北大的行政效率在历史上就比不上燕大和清华。院系调整后的北大又逐渐把那些必要的规章制度当做"管卡压"而废除。"十年动乱"建立的革命秩序是大规模破坏和斗争,那有什么行政效率可以谈呢?!整人倒是满快的!

院系调整后的北京大学人才力量本是燕大所无法比拟的。然而这个罕见的中国财富却在无尽休的阶级斗争之下一再遭到摧残。只有专政而无民主,又怎能发展科学呢?

我是研究经济地理的,就"大跃进"时期的那一场"工厂遍地开花"说一说我的上述认识。这场开花的结果是我国生产力的大破坏。据经济学家粗估,从新中国成立到四人帮倒台,我国工业投资只比同期的日本工业投资少1/10,但我国工业规模和质量可比日本工业差得多了。又估计,同期我国经济有效投资比无效投资与破坏之和还少一些。这在一个大国的和平时期出现,可能也是史无前例的。"遍地开花"造成的工业大分散在这里应负主要责任。

为什么要强制地推进这种毁灭性的经济政策?原因之一是照搬苏联的费根理论。费根说:不同社会制度下的生产力分布规律是不同的。社会主义的规律是"平衡",资本主义的生产力分布规律则是"不平衡"。这是个用政治来吓人的理论,由于它打上了一个社会主义印记,中国人就得恭维它并且论证它是正确的。照搬这个理论,中国就着实地搞起了工厂遍地开花,以求得各地生产力发展水平的"平等"。

这就怪了。生产力是工厂、农场、矿山和交通线等物质事物,只要生产力发展处于同一阶段,那么无论在哪个国家,它们的地理分布模式就应该相同。社会制度则是非物质的生产关系的体现,它只是生产力附有的"影子",不能决定生产力的分布模式。由于生产力与生产关系组成为生产方式,就把它们等同起来,并认为非物质事物可以决定物质事物的分布规律,这岂不是从根本上否定唯物主义?影随人落地,那么人就应随着自己的影子走路,不走上迷途才怪呢。

另一个更重要的原因则是"差异即矛盾"的哲学思想作为最高指示而强制地发挥作用。即使在字面上也可看出这是篡改而非发展列宁对辩证法的阐述。深追一下：世界本来是"无限可与万有联系并存"；如果世界只是无限可分，只表现为"万有差异"，而毫无联系，那又有什么矛盾呢？矛盾者，事物之间通过互相联系而既互相排斥又互相吸引也。其根源在于物质之间的又排斥又吸引。如果用政治威势强行消灭联系，那么世界上的矛盾就只能是"差异即矛盾"了。要解决矛盾也只能走"差异"这条独木桥，即求诸缩小差异或甚至是消灭差异。持这种观点的人们本来希望走差异之桥通往只有差异的幻想彼岸，却发现那是无差异的幻境。强行用之于生产力布局，其结果就是灾难性的工厂遍地开花。这岂不是从根本上否定辩证法？！

在"十年动乱"中，文化上的批旧甚至发展到了极其荒唐的地步。比方说，我们在鲤鱼洲时，遇到了批判爱因斯坦的运动。我这个只在三十多年前选修过大学普通物理的文科教员，居然受命停止劳动去参加一次批判会。我毫无发言权，只好一言不发，别人也无从阶级斗争上纲，只好不了了之。

还有批判德彪西和贝多芬。尽管姚文元因批德彪西而又为江青立了一功，但德彪西的意境还是深深地缠绕着许多中国音乐爱好者的心灵。批贝多芬，批他什么呢？这是一位富于反抗封建追求民主的乐圣。可见民主之可恨了。但是我万也没想到，四人帮倒台以后，贝多芬的作品竟成了"老爷音乐"，理由是他曾把《英雄交响乐》献给拿破仑。但是批判者的知识太少，他根本不知道拿破仑称帝而暴露了自己的真面目以后，贝多芬是怎样撤掉了这个奉献。批判者更不知道，滑铁卢之战后，贝多芬竟兴奋得降低了自己的艺术水平而写了那首炮火轰鸣的《惠灵顿的胜利》序曲。不妨说，批判者自己鼓吹的那种"人民的心声"到应该算是麻醉人民，使之变成为不知国忧者的"少爷音乐"。

四人帮统治后期"评法批儒"，鼓吹法家，然而四人帮的统治正是毫无法

治,人民毫无政治权利的封建法西斯统治。它对待人民就像希特勒对待犹
太人一样。我的觉悟很低,到那时才感到中国社会颇像印度古代的种姓制
奴隶制社会,而中国知识分子又像古希腊奴隶制社会中的文化奴隶。把四
人帮统治当做法制,除了彻底扼杀民主之外又是为了什么?!

四人帮倒台后,侯宝林重说《关公战秦琼》而能再度引起如此大的轰动。
他说"'文化大革命'就是大革文化命",也同样为人民首肯。人民经过"十
年动乱"的教训,有这样的感受是理所当然、合乎规律的。然而"十年动乱"
在政治上追求什么,这还值得我们深思,它不只是在消灭文化。

这些毕竟也已过去十多年了。四人帮倒台后,燕园再次经过扩建和整
修,比老燕大大得多了。校景不整已不再是显示革命化的标志。建筑面积
至少增加了三倍吧,其中有许多燕大想也没想到过的实验室和装备。院系
调整时仓促修建的一群群低质量的学生宿舍和教职工宿舍,原来声明只用
五年,现在也终于由"还账性"的房屋来取代。它们的质量当然还比不上老
燕大的学生宿舍,更好一些的宿舍却已在陆续兴建。反倒是燕东园和燕南
园的住宅,由于已到使用年限,而且年久失修,显得摇摇欲坠。一个燕园子
弟前几年返校要求看故园,我没敢带他去。

然而最美的仍然是燕大那些中国式建筑群和未名湖。从石鱼小岛以西
的湖岸向东拍摄的湖光塔影印在北京大学的贺年片上仍然十分诱人。

不过我却想起了一张照片。那是从未名湖东面的小山坡上向西拍摄的
夏景,由于取景角度与众不同而别有情意:夕阳在远方贝公楼顶以上冲散了
碎云而放射晚霞,光辉夺目。

我想问久留燕园的校友们,你们是否和我一样在 1988 年元旦零时听到
了燕大校钟的声音?我在中关村家中忽然听到这沉寂了三十多年的钟声穿
透爆竹轰鸣传到这里,就急性打开北窗,迎着寒气听啊,听啊,直到晨一时它
又沉静下来为止。久历燕园风云的人怎能不回味它的步伐?!

然而这只不过是新年晚会迪斯科鼓噪声中夹带的一个节目。燕园正在
步入商品世界,不论是老燕大、老北大或老清华,都说自己的校园不曾也不

会这样喧嚣。我们参加了历次学生运动的呐喊,因而很难理解为什么现在似乎是有意地用迪斯科之类"现代人生活"来取代青年人的爱国民主科学精神。可不么,燕大校钟声从 1988 年元旦一时开始至今再也没有响过。我曾预计它将在 1989 年元旦零时再响一小时,但是它没有响。